Michael Stauffers Erzähler berichtet, wie er im Schönschreibunterricht Todesanzeigen für seine Mutter verfasst, wie er sich selbst Ansichtskarten von der Küche ins Wohnzimmer schreibt und wie man die Schönheit von Geschirr-Rückgabesystemen erkennt. Auch die Frage, ob Schwäne durch übertriebenes Füttern zu einer Bedrohung der Gesellschaft werden, nimmt breiten Raum ein. Und weil es dieser Schweizer Autor genau nimmt, gibt es zu vielen Sätzen viele Fußnoten, was die Dauer des Lesens glücklicherweise verlängert.
»Mit diesem Buch debütiert ein Autor, von dem man meint, er könne gar nichts falsch machen. Ob das daran liegt, dass er selbst verrückt ist, oder dass er aus der Schweiz kommt und alle Schweizer so schreiben könnten oder dass alle Schweizer verrückt sind, das wäre noch zu untersuchen ... Wir begreifen nicht, wie man so schreiben kann.« ›Jochen Schmidt, taz‹

Michael Stauffer, geboren 1972 in Winterthur, ist ein wichtiger Lieferant von Literatur. Er schreibt Erzählungen, Theaterstücke, Hörspiele und Lyrik, für die er bereits vielfach ausgezeichnet wurde. »I promise ...« ist sein erstes Buch.

Unsere Adresse im Internet: www.fischer-tb.de
Stauffers Adresse ist: ich@goeast.ch

Michael Stauffer

»I promise
when the sun comes up
I promise I'll be true«[1]

Fischer Taschenbuch Verlag

---

1 So singt Tom Waits. Ich will auch Sänger werden.

Veröffentlicht im Fischer Taschenbuch Verlag,
einem Unternehmen der S. Fischer Verlags GmbH,
Frankfurt am Main, März 2003

Lizenzausgabe mit freundlicher Genehmigung
des Verlags Urs Engeler Editor, Basel, Weil am Rhein, Wien

Satz: Pinkuin Satz und Datentechnik, Berlin
Druck und Bindung: Clausen & Bosse, Leck
Printed in Germany
ISBN 3-596-15539-8

Aufenthaltsort

Ich befinde mich mitten in einer Menschenmasse, einige sind lieb. Die kommen auf mich zu, fragen mich nach meiner Befindlichkeit.[2] Ich lebe in relativem Glück. Das ist die angemessenste Umschreibung, zu welcher ich fähig bin. Meine Tage sind ausgefüllt. Ich trage ein gepflegtes Äusseres. Ich ernähre mich gesund. Ich stelle mir vor, dass ich mich gesund ernähre. Das reicht. Ich trage in meinem Geldbeutel eine selbst angefertigte E-Karte.[3] Ich stehe vor dem Gestell und schreie alle »Es« meiner Liste laut heraus: E104, E110[4], E112–124, E127, E180, E234. In den Menüs, die ich im Selbstbedienungsrestaurant esse, hat es

---

2 Die möchten wissen, wie es mir geht. Wie es einem gehen kann. Ob es einem überhaupt gehen kann, wäre noch zu fragen.

3 »Es« sind Stoffe, die den Lebensmitteln beigemischt werden und die schlecht für mich sind. Für mich und meinen Körper schlecht sind. Ich stehe erschöpft vor dem Gestell im Einkaufsladen.

4 In der Schwarzwäldertorte und im Asian-Nudel-Snack schwimmen ziemlich viele Stoffe, über die ich nichts Genaues weiss. Die ganze Woche Quickessen essen, dann am Samstag Karotten, Kartoffeln, Salat und Fleisch aus biologischem Anbau, garantiert.

Unmengen »Es«. In den Selbstbedienungsrestaurants stelle ich mich dicht hinter ältere Leute.
Wenn sie Kaffeetassen auf ihren Tabletts haben, schubse ich von hinten, damit der Kaffee überschwappt und sich die Untertassen füllen.[5] Die verschiedenen Systeme, wie man das Geschirr zurückgeben kann, sind schön. Bei gewissen Rückgabesystemen fühle ich mich verpflichtet, den Teller sauber auszuessen, bei anderen hinterlasse ich einen Riesendreck. Bei Rollbändern[6] lege ich meinen Teller und das Besteck sehr ordentlich auf das Tablett. Ich verschmiere die Teller mit Ketchup oder Senf, fahre mit dem Finger im Teller herum. Ich mache ein Muster auf die Tellerfläche. Meistens vereinfachte Formen von sekundären Geschlechtsteilen, schöne Muster, Penisspitzen, Brüste, Hoden, Arschöffnungen. Die E-Karte hat meine wöchentliche Einkaufszeit verdoppelt. Wenn ich die

---

5 An der Kasse stehe ich dicht hinter den älteren Leuten. Meistens wollen die den Betrag genau bezahlen und wühlen lange in ihren Portemonnaies, bis ich von hinten stosse und sage: »Kauf dir doch eine Brille.« Wenn sie eine Brille aufhaben, sage ich einfach: »Kauf dir doch eine neue Brille.«

6 Die zurückgegebenen Tabletts reihen sich uniform in eine Reihe. Beim Reinschieben des Tabletts fallen alle Gläser um.

Schublade öffne, in der meine E-Karte liegt, zertrümmert die Schublade regelmässig meine Kniescheibe.[7] Auf jeden Fall fühlt sich das so an. Kürzlich beim Einkaufen fühlte ich plötzlich diesen Schmerz in meinem rechten Knie. Beim Gemüsegestell stützte ich mich ab. Auf dem Heimweg halte ich mein Mobiltelefon griffbereit, fürchte mich davor, dass mein Knie plötzlich steif wird, ich mich keinen Meter mehr bewegen kann.

Wohnort

Der ideale Ort ist immer da, wo ich gerade bin. Ich spüre kein mich aufzehrendes Verlangen, Indien zu bereisen. Auch in die Mongolei gehe ich nicht, da wird einem nur das Pferd gestohlen. Ich stehe am See, es ist acht Grad kalt, der Regen peitscht mir ins Gesicht, und ich halte mit klammen Händen eine Weinflasche. Ich stehe da und bin zufrieden. Und gleichzeitig verfluche ich den See mit seinen[8] Schwänen. Die Bänke

---

7 Die Schublade ist nicht gut geführt, und es braucht einen starken Anfangsimpuls, damit sie sich überhaupt bewegen lässt. Dann saust sie raus und zertrümmert mit voller Wucht meine Kniescheibe.

8 Die alte Zitterli füttert diese Scheissschwäne ununterbrochen. Die werden einmal eine Grösse erreichen, da wird die alte Zitterli dann merken, was sie mit ihrer Fütterung angerichtet hat. Die Schwäne

der Seepromenade sind geputzt, die Gehwege mit Schwanendreck gepflastert. Einige Seegemeinden haben sich zu wehren versucht, haben bei der Vogelwarte[9] nachgefragt. Es hilft zum Beispiel die regelmässige, massive Vertreibung. Oder es hilft[10], auf die Schwäne zuzugehen und laut zu lärmen. Aber was nützt das, solange die alte Zitterli nicht im See ertrinkt, nicht im See ersoffen ist. Die Seegemeinden haben die Kantonale Jagd- und Fischereiverwaltung eingeschaltet. Viele Gemeinden planen Ausmerzaktionen. Die Kantonale Jagd- und Fischereiverwaltung möchte die Schwäne nicht zum Abschuss freigeben. Die Jäger gehen sonst am Sonntagmorgen nach dem Gottesdienst ans Ufer und schiessen in die Schilfgürtel. Das geht nicht. Auch für die Spaziergänger[11] ist das viel zu gefährlich. Ich

---

werden 50 kg schwer. Sie wachsen ohne Mass. Die bedrohen Rentner und Kleinkinder.

9 Die Vogelwarte weiss, dass die Schwäne nicht gefüttert werden sollen. Es gibt auch andere Abwehrmassnahmen.

10 Oder gehen Sie mit einer heulenden Kettensäge auf die Schwäne zu.

11 Man schiebt den Kinderwagen, und plötzlich spritzt eine Wasserfontäne hoch auf und der ganze Kinderwagen ist eingekleistert mit Federn, Blut und Schwaneneingeweiden.

sitze auf einer Bank am Ufer, die Sonne scheint mir auf den Kopf, und gut gelaunt bestaune ich die Wellen, die der Kapitän in den See legt. Ich bewundere alle, die wissen, was zu tun ist.
Die Wellenmuster, welche die Seefläche für kurze Zeit schmücken, beeindrucken[12] mich. Wenn ein Schiff an- oder ablegt, entstehen neue Muster.[13] Einmal hat es elternlose Schwäne gegeben. Bei einem Sturm sind die Jungschwäne von den Eltern weggetrieben worden. Herr Räber hat die Jungschwäne aufgezogen. Er hat sich beklagt über die untaugliche Sturmvorwarnung für Schwäne. Räber, du hättest denen die Köpfe umdrehen sollen. Quäk zum letzten Mal und fertig Schwänchen. Räber hat Bettelbriefe geschrieben. Ich habe Giftköder ausgelegt. Räber wird vom Lokalradio interviewt. Ich habe ein Pedalo gemietet und versucht, die Schwäne zu überfahren. Räber bekommt[14] Aner-

---

12 Der Kapitän hat einen Plan.

13 Der Kapitän gibt Sand und Algen dazu. Der weiss genau, was er tut. Die Enten quäken und schwimmen davon.

14 Einmal hat er auch einen jungen Biber vor dem sicheren Tod gerettet. Es stand in der Zeitung. Der junge Biber ist zu früh aus seinem Bau rausgeklettert und danach beinahe ertrunken. Der Biber hat mit der gewonnenen Freiheit nichts anfangen

kennung. Ich werfe im Winter Schneebälle nach den Schwänen. Im Sommer übe[15] ich mit Tauben. Die Schwäne vermehren sich so übermässig, das ist nicht zum Zuschauen. Die geraten im Frühling in einen Vermehrungswahn, kopulieren andauernd. Es ist auch nicht zum Zuschauen, wie am Wochenende Mütter mit ihren Kindern am Seeufer stehen und grosse Papiersäcke voll alten Brotes in den See kippen[16] und dazu

---

können. Räber hat ihn bei sich zu Hause in der Badewanne grossgezogen, bis die Badewanne zu klein war. Der Biber wurde in einen nahen Tierpark verlegt. Ich habe den Biber bei einem Zoobesuch lange beobachtet. Der hat die Gesichtszüge von Räber angenommen. Und jetzt lese ich, dass dieser Räberbiber eine Biberfrau zur Seite gestellt bekommt. Was mich freut: Räber selber ist immer noch ohne Weibchen.

15 In einer Bar am Fluss sammle ich die Aschenbecher ein und werfe sie nach den Tauben, die auf dem Boden herumhüpfen. Die Aschenbecher sind manchmal nach diesen Angriffen zerbeult.

16 Die kleinen Kinder schauen zu, wie die Schwäne Unmengen aufgeweichten Brotes zu sich nehmen. Die Kinder sehen, wie sich die Hälse der Schwäne verdicken. Die Kinder wenden sich von den Schwänen ab und schauen ihre Mütter an. Die Mütter

sagen, oh die armen Schwäne haben sicher Hunger. Väter verhalten sich zurückhaltender. Die werden zu Hause von ihren Ehefrauen informiert, wie sie die Schwäne füttern müssen. Zuerst geht die ganze Familie gemeinsam[17] an den See. Together. Nach zwei, drei Ausflügen geht der Vater mit den Kindern ohne Mutter an den See. Danach macht die Mutter regelmässig einen Kontrollgang mit den Kindern allein. Sie befragt die Kinder, wie es der Vater[18] gemacht hat. Einige Mütter schütten das Brot zuerst auf den Boden, trampeln darauf herum und werfen es erst dann in den See. Ich trete als Retter für die Kinder auf, um sie vor diesem dummen Bild zu bewahren. Ich könnte den Schwänen das Brot wegfressen oder den Müttern die Papiersäcke mit dem Brot entreissen, bevor sie die Säcke ausschütten. Oder ich nähe Hemdchen mit Zauberkraft. Ich

---

halten die Kinder dazu an, diesem Fressschauspiel zuzusehen.

17 Dann schauen der Vater und die Kinder zu, wie die Mutter die Schwäne füttert.

18 Väter, die zu wenig inbrünstig füttern, müssen damit rechnen, dass ihnen ihre Frauen wochenlang den Geschlechtsverkehr verweigern. Da viele Männer aber um diese Entlastung froh sind, gibt es unzählige, die die Fütterung sehr nachlässig durchführen.

werfe über jedes Kind eins von den Hemdchen, und wie die Hemdchen den Leib der Kinder berühren, verwandeln sich die Kinder in Schwäne und fliegen davon. Die Mütter stehen mit weit geöffneten Mäulern am See, glotzen den davonfliegenden Kindern nach. Ich gehe vergnügt nach Hause. Ich wähle eine einfachere Methode. Ich kaufe mir einen blauen Overall und male das Zeichen des Städtischen Gartenbauamtes mit wasserfestem Filzstift auf den Overall. Immer wenn eine Mutter mit einem grossen Sack auftaucht, renne ich hin, stelle mich vor. Guten Tag, ich bin vom Gartenbauamt angestellt, es ist nicht gut für die Schwäne, wenn sie das ganze Brot auf einmal fressen. Die sind stark gebläht nach dem Verzehr von Brot, und die armen Schwäne wissen nicht, warum. Ich erkläre den besorgten Müttern den Stoffwechsel der Schwäne. Alle 3 Stunden 150 g Weissbrot oder alle 2 Stunden 100 g Vollkornbrot.[19] Ich sammle das Brot, teile es ein, kenne die Schwäne und ihre Fressstandorte. Ich liefere ihnen die richtige Menge. Die Mütter werden durch diese Geschichte glücklich. Ich lade das Brot in meinen Karren und werfe es später in einen grossen Müllcontainer in der Nähe des Bahnhofes.[20] Im Frühling kann

---

19 Für Halbweiss- und Mehrkornbrot kann man die Zahlen für Vollkornbrot verwenden.

20 Ich entziehe den Schwänen an einem guten Tag

ich nicht mehr mit dem Gartenbauamtoverall auftreten. Ich brauche eine neue Funktion. Ich bin von der Pro-Haubentaucher-Vereinigung. Die Schwäne machen die Haubentaucher kaputt. Es genügt, einen zahmen Haubentaucher in die Hände der Leute zu legen. Für Hartnäckige habe ich Fotos in einem Ordner dabei. Die Fotos zeigen, wie Schwäne brutal gegen die kleinen Haubentaucher vorgehen, ein Foto zeigt einen stark verwundeten Haubentaucher. Unter[21] das Bild habe ich geschrieben: armer Haubentaucher[22] – von

---

etwa 100 kg Brot. Die Schwanenkolonie hat sich im letzten Winter verkleinert. Auch die regelmässige Bewerfung mit Schneebällen hat mitgeholfen, einige Schwäne zu schwächen. Etwa 16 Schwäne sind verschwunden. Das ist ein gutes Resultat.

21 Wie man einen solchen Ordner aufbaut, habe ich bei den Frauen in der Bahnhofunterführung gelernt. Die machen das genau gleiche Programm wie ich. Einfach für irakische Kinder, Regimeopfer und verschleppte Männer. Das Regime ist bei mir der Schwan, die Regimeopfer sind die Haubentaucher. Wenn die Leute nicht zuhören wollen, sage ich immer: »Haben Sie keine Kinder. Denken Sie an Ihre Kinder.«

22 Für Kinder habe ich ein Modell dabei. Einen Schwan, dessen Holzhals man heben und senken

Schwan übel zugerichtet. Ich bitte die Passanten, die Schwäne weniger stark zu füttern, eigentlich nicht mehr zu füttern. Das Brot löst bei den Schwänen eine chemische Reaktion im Gehirn aus. Die Schwäne entwickeln einen ausgeprägten Jagdtrieb. Sie jagen vorwiegend Haubentaucher. Im Sommer verbünde ich mich mit dem Bademeister des Freibades. Er hat genug gesehen. Die Schwäne übernachten auf der Liegewiese des Freibades und hinterlassen dort ihren Dreck. Der Bademeister ist viel entschiedener als ich. Ich habe beim Tierspital angerufen und gefragt, ob man Schwäne erschiessen kann. Man kann.[23] Der Bademeister legt

---

kann. Den Hals lasse ich rauf und runter sausen. Unten ist dort, wo ein rot gefärbtes Knäuel auf ein Brettchen montiert ist. Jedes Mal, wenn der Holzschwan runtersaust, zucken die kleinen Kinder zusammen. Das Modell hat eine überzeugende Wirkung. »Und es geht den Haubentauchern wirklich mindestens so schlecht, wie ich das im Modell zeige«, sage ich immer wieder.

23 Zuerst war nicht klar, ob das geht. Ich habe in einem Tieranatomieatlas nachgeschaut, wo Schwäne getroffen werden müssen. Schwäne bluten schlecht. Wenn man sie also schlecht schiesst, leben sie nachher noch wochenlang weiter und paaren sich möglicherweise noch einmal. Im Tierana-

sich nachts auf die Lauer und knallt ein paar Schwäne ab. Mit einem schallgedämpften Gewehr. Die Schwäne steckt er dann in Müllsäcke. Der Müllcontainer wird im Sommer jeden Tag geleert. Die Schwäne werden entsorgt, hinterlassen keine Spuren. Ich habe von einem Ornithologen ein lichtempfindliches Fernglas ausgeliehen. Wir liegen gemeinsam im feuchten Gras. Ich suche die Liegewiese ab und melde dem Bademeister, wenn ich Schwäne sehe. Zu zweit haben wir in einer Woche 25[24] Schwäne entsorgt.

Vorwort III

Als Kind bin ich mit meinem Dreirad unterwegs. Ich fahre dem Hochwasserkanal eines kleinen Flusses entlang. Schwäne schwimmen auf dem Kanal. Einige steigen aus dem Wasser und bewegen sich den Hang hinauf, mir entgegen. Ich fahre mit meinem Dreirad auf einen Schwan zu. Wir sind gleich gross. Er faucht. Ich fahre näher ran, schlage dem Schwan meine Kinderfaust auf den Kopf. Der Schwan breitet seine Flü-

---

tomieatlas habe ich nach den grössten Blutgefässen des Schwanes gesucht. Da ich nicht mit Schrotflinten auf die Jagd gehen will, muss ich jeden Schwan mit einem gezielten Schuss erledigen können. Das ist genau die Meinung des Tierspitals.

24 Das ist ein sehr gutes Resultat.

gel aus, macht sich gross und breit und schnappt nach meiner Hand. Er erwischt mich, hinterlässt eine blutende Hand. Ich fahre schreiend weg, nach Hause. Einmal fahre ich nach Hause, als mir ein mongoloider Junge mein Dreirad wegnehmen will. Es war ähnlich wie beim Schwan. Ich verstehe die Situation nicht und schreie. Mit einem Nachbarsmädchen gehe ich an den selben Fluss, Dreirad fahren. Sie steigt ab, geht zu den Schwänen. Sie steht mit dem Rücken zu mir, das Dreirad beginnt plötzlich zu rollen und platscht dann in den Fluss. Wir können es nicht mehr retten. Ich tröste sie. Das Dreirad hat den Schwan nur knapp verfehlt.

Vorwort IV

Eine einmalige Chance taucht auf. Eine Stiftung, die sich um das Wohl der Schwäne kümmert, schreibt eine Stelle aus. Zur Fütterung und Betreuung der Vögel sowie zur Sauberhaltung der Anlage. Die Stiftung erwartet Erfahrung im Umgang mit Vögeln, tier- und naturbezogenes Bewusstsein, gewissenhaften Umgang mit den Tieren. Das ist genau meine Stelle, absolut mein Traumjob.[25] Ich habe sogar in einem meiner neuesten

---

25 Sehr geehrter Herr Stiftungspräsident.
Ich bewerbe mich hiermit um die durch Sie ausgeschriebene Stelle. Seit langem plagt mich eine

Texte[26] von Schwänen geschrieben. Ich würde die Stelle gerne mit meinem Freund, welcher schon immer

---

Hassliebe zu Schwänen. Aus diesem Grund betrachte ich mich als besonders geeignet, diese wichtige Funktion zu übernehmen. Ich verfüge über die nötigen Eigenschaften, die mir eine optimale Pflege und Fütterung der Vögel erlauben. Ich hoffe, dass Sie mich zu einem Bewerbungsgespräch einladen.
Ich danke Ihnen ganz herzlich für Ihre Aufmerksamkeit. Mit freundlichen Grüssen
Michael Stauffer

26 Mein Buch weckt das Interesse der Bevölkerung und sorgt für einen Stimmungsumschwung, der den Weg für den Abschuss der Schwäne ebnen könnte. Ich habe es unter dem Pseudonym Kyro Käkio veröffentlicht und gebe mich darin als finnischer Schwanenforscher aus. Man glaubt mir. Der Schwan ist ja schliesslich ein finnisches Natursymbol. Ich schreibe in diesem Buch von Pickhierarchien. Wenn ein fremdes Männchen sich einem Nest nähert, pickt der angetraute Gatte nach dem Eindringling. Dieser pickt nicht zurück. In grossen Kolonien gibt es immer Schwäne, die picken, und solche, die nicht zurückpicken dürfen. Ich glaube, diese Stelle hat die Leute überzeugt. Ich habe noch

eine grosse Affinität für Schwäne hatte, teilen. Er hat mich darauf hingewiesen, dass in England alle Schwäne der Königin gehören. Das zeigt doch, wie hochachtungsvoll und zärtlich er mit den Königsvögeln umgehen würde. Er hat mir allerdings auch einreden wollen, dass meine Schwanenprobleme in Wirklichkeit Phallusprobleme seien. Der Hals als Penis.[27] Leider hat es nicht geklappt! Es hat nicht funktioniert. Die haben mein Bewerbungsschreiben an die Stadtpolizei weitergeleitet. Vor einiger Zeit sind Schwäne überfahren worden. Die Polizei hat sich bei mir gemeldet. Mit dem Unfall habe ich nichts zu tun. Auch sonst ergibt die Befragung nichts Brauchbares. Ich gebe dem Wachtmeister noch die Adresse von Räber. Mit ein paar Hinweisen mache ich glaubhaft, dass Räber zwar nach aussen den Schwanenretter spiele, aber eigentlich

---

ein paar Kapitel über Gelegegrössen, Verbreitung, Schäden und Paarungsverhalten beigefügt. Die Schwäne werden als dominante, fress- und herrschsüchtige, alles verschlingende Kopulationsmaschinen beschrieben. Ich beschreibe noch ein paar genetisch bedingte aggressive Verhaltensweisen und füge Bilder bei. Es ist kein schönes Buch geworden.

27 Er hat sich immer stärker in dieses Phallusproblem verbissen und musste dann selber zum Urologen.

total gestört sei. Der vernichtet die Schwäne, damit seine Rettungsversuche echter aussehen. Auch vom Bademeister sage ich nichts.

Vorwort V

Ich verwende zu viel Zeit für Tiere und Menschen. Ich ändere mein Verhalten, widme mich vermehrt meiner Bildung. Eine kleine Auswahl an Buchtiteln. Zu meiner Bildung dienende Buchtitel:

Ein Leben für die Schublade,
Übertreibungen für den persönlichen Gebrauch,
Ich kann für nichts etwas dafür,
Der Blumenstrauss für die falsche Frau,
Der Hosenbund kurz erklärt,
Trübe Fensterblicke,
Über den Zaun geschaut,
Keine Almosen den Beinlosen,
Der einzige Ort.

Zusätzlich zu den Titeln kommen folgende Angaben: Seitenzahl, Preis, Gewicht, Klappentext. Zuerst erfinde ich immer den Buchtitel, z. B.: Ein Leben für die Schublade, das ergibt folgende Daten: 160 Seiten, 25 Franken, 220 Gramm. Klappentext: Die Hauptfigur, Herr Isler, erzählt, welche Dokumente er wann von staatlicher Seite bekommen hat, wie lange er sie behalten hat und von welcher Relevanz sie gewesen sind.

Pro Woche erfinde ich sieben Buchtitel. Nur zu drei Buchtiteln verfasse ich einen Klappentext. Die Seitenzahl, den Preis und das Gewicht lege ich für alle sieben Titel fest. Ich fülle Videokassettenhüllen, die aussehen wie Bücher, mit Sand, Hirse oder Metallspänen, bis die Bücher das von mir festgelegte Gewicht haben. Die Hüllen gibt es in Grün, Rot oder Braun. Meine persönliche Sammlung wächst. Mehr Bücher, mehr Gewicht, mehr Gestelle. Der Anblick der Gestelle ist schön. Sammeln[28] wurde mir in die Wiege gelegt. Auch meine Milchzähne will ich zurück. Die habe ich auch ausgeliehen. All die gesammelten Schmerzen sind verloren. Ich habe sie einem anderen Freund gegeben. Der erhielt von seinen Eltern pro verlorenem Milchzahn fünf Franken Schmerzensgeld. Sammeln hat auf mich nicht die gewünschte Wirkung. Es beruhigt mich nicht. Ich schaffe es nicht, systematisch zu sammeln. Ich sammle alles und kurz darauf wieder nichts. Namen von Nutten: Tania, Michelle, Ilenia, Gaby, Sheila, Cindy, Kelly, Jessy, Susie. Diese Namen reihe ich hintereinander. Als Titel schreibe ich: Frauen, mit denen

---

28 Sammeln musste man: Silvapunkte, Mondopunkte, Bierdeckel, Milchzähne. Silva- und Mondopunkte konnte man gegen Bücher eintauschen. Alaska, Die 20 schönsten Vulkane, Wildkatzen, Pilze in der Schweiz, lasst hören aus alter Zeit.

ich Lust habe, den Apfel zu teilen. Wobei die Frauen gar nicht vom Apfel essen mögen. Ich soll den Apfel essen, die wollen nur zuschauen. Die wollen mir den Apfel nur unterjubeln, andrehen. Das habe ich lange nicht verstanden, dass die Frauen gar nicht vom Apfel essen mögen. Die wollen nur zuschauen, wie ich in den Apfel beisse und mich[29] versündige.

Vorwort VI

Ich liege auf dem Rücken und schlafe.[30] Das können die wenigsten Menschen. Viele liegen auf der Seite und drehen sich pro Nacht unzählige Male um. Auf dem Rücken liegen. Das ist das Höchste. Ruhig auf dem Rücken liegen und dabei keine Schlafgeräusche entste-

---

29 Bei Eva war ich auch mal. Ich bin in diesen Laden reingestolpert, an den Videos vorbei, nach hinten. Der Raum hat sich nach hinten verschmälert. Ist kleiner geworden. Plötzlich stehen drei Ladys da. Eva nimmt mich beim Arm und führt mich in ein Hinterzimmer. Der Rest ist peinlich. So viel zu Eva.

30 Es kommt überhaupt nicht darauf an, wo ich schlafe. Es geht darum, dass ich auf dem Rücken liege. Und zwar liege ich konsequent immer auf dem Rücken. Mein Weltverständnis ist viel besser, wenn ich auf dem Rücken liege. Ich begreife so mehr vom Universum.

hen lassen. Das stört mich, wenn einer Schlafgeräusche von sich gibt. Wenn einer in meiner Nähe schnarcht oder stöhnt oder lallt, dann hau ich dem eine runter. Mehrmals pro Nacht. Am nächsten Tag frage ich besorgt, ob er gut geschlafen habe. Ähnlich nervös machen mich Essnebengeräusche. Wenn einer schmatzt oder wenn ein Geräusch hörbar ist, das tönt, als ob Meerschweinchen ihre Körner fressen, stehe ich auf, stosse beim Aufstehen so am Tisch an, dass mindestens ein Glas umkippt, remple beim Davongehen den Schmatzer an und hoffe, dass der sich die Gabel ins Zahnfleisch[31] stösst. Beim Menschen kenne ich keine Nachsicht. Das einzige Geräusch, das ich akzeptiere: Wenn einer vor dem Pissoir steht und sich erleichtert, und wenn sich zusätzlich zum gelben Strahl durch die etwas angespannte Körperhaltung ein Furz löst, akzeptiere ich das. Gefurze von stehenden, pissenden Herren, da mache ich eine Ausnahme. Vielen dieser Männer ist es zu Hause nicht gestattet, gemütlich auf

31 Wenn eine Kuh beim Fressen schnaubt, kümmert mich das nicht. Dieses Schnauben und der heisse Atem, der ausströmt, ist gut. Gut für die Kühe und den Stall. Der Kuhatem wärmt den ganzen Stall. Die Bauern, die in diesen Kuhställen sitzen, fühlen sich wie im Mutterleib. Beim Füttern immer die Gabel nach unten drehen, damit sich eine plötzlich aufschauende Kuh nicht verletzt.

der Toilette zu sitzen und zehn, zwanzig Minuten an einem Stuhlgang herumzumachen. Denen wird gesagt, geh[32] doch ins Büro scheissen.

Vorwort VII

Vor dem Einschlafen lese ich in einem Mondobuch. Mondobücher benütze ich auch, wenn ich krank bin. Ich blättere dann stundenlang darin herum. Ich lese: Murmeltiere in der Schweiz. Ich finde Murmeltiere hässlich und dick. Die liegen vor ihren Löchern und pfeifen, wenn jemand auftaucht. Dann stehen sie auf, legen ihre Papiertüten mit den Erdnüssen zur Seite, rülpsen und steigen rückwärts in ihre Löcher. Alles für die Touristen.

Vorwort VIII

Immer noch im Bett[33]. Ich werde älter, denke daran, von einer lieben Frau Kinder geschenkt zu bekommen. Eigentlich denke ich gerade daran, wie. Alle um mich

---

32 Ich habe mich einmal absichtlich eine Stunde eingeschlossen, und prompt hat meine damalige Ehefrau die Scheidung eingereicht. Heute bezahle ich die Nahrungsmittel für meine Tochter, die Antibabypille für meine Tochter, den Fernsehempfang für meine Tochter, überhaupt für alle Töchter.

33 Im Bett sterben die meisten Menschen, sagt mein Grossvater.

herum denken für mich an Kinder.[34] Ich liebe Frauen, kann mich ihnen widmen. Seitenweise lese ich Partnerinserate und finde keine, die mir passt. Seit die Frauen emanzipiert sind, schreiben sie die Partnerinserate selber. Es ist klar, dass alles nicht so ideal ist, wie beschrieben. Heute kann es passieren, dass man eine gute Frau verpasst[35], weil man den persönlichen Worten nicht glaubt, dahinter eine Agentur vermutet.

1 Los

Jeden Morgen betrachte ich meinen Kleiderschrank. In der Küche habe ich ebenfalls Kleider in die Schubladen gelegt. In der Künstlerwohnung muss das so sein. Alles ein bisschen different. Den Kochherd[36] habe ich von der Stromversorgung getrennt, den brauche ich nie. In den Küchenschubladen das Übliche: Unterhosen[37] in

---

34 Das klappt nie.

35 Dabei machen das viele Frauen heute selber.

36 Ich befürchte, dass wenn ich den Kochherd nicht ausstecke, dass der plötzlich zu kochen anfängt, ohne meine Mithilfe. Dass der Unmengen von Strom frisst.

37 Selbst die Unterhosen geben mir keine Würde. Ich stehe nackt am See und will ins Wasser steigen, da taucht ein Elefant auf und fragt mich: »Wovon ernährst du dich mit deinem kleinen Rüssel?« Arschloch.

undefinierbar gewordener Farbe, Jeans, Socken, Unterhemden, Hemden. Später vor dem Spiegel. Es sieht nicht gut aus. Ich rasiere[38] mich, bis es schmerzt. Ich will das Glück spüren, das in den Gesichtern gut gekleideter Frauen steht. Das Glück, welches sie in ihren schwarzen Kleidern ausstrahlen. Wie machen die das? Ich ziehe mir einen edlen Anzug an. Es bewirkt bei mir keine Gefühlsänderung. Nichts. Mein buckliger Rücken verschwindet nicht. Mein Kopf sitzt trotz des schönen Anzuges falsch. Meine Hände schauen aus den zu kurzen Ärmeln wie verwirrte Maulwürfe. Ich stehe in diesem Laden, lasse mich von Carmen und Maria beraten, bis wo die Ärmel eines klassischen Anzuges reichen sollten. Klassisch, bis mindestens über die Hälfte des Handrückens, sportlich, etwas höher. Bald streiten sich Maria und Carmen über die Armlängen. Ich kaufe den Anzug unter der Bedingung, dass die Ärmel verlängert werden. Different, you know. Eine Woche später kehre ich zurück. Eine andere Verkäuferin bedient mich, beglückwünscht mich zum gelungenen Kauf. Ich trage den Anzug nun oft. Bei mir zu Hause verleiht[39] er mir etwas Glanz, und ich geniesse diese Augenblicke.

---

38 Ich rieche schrecklich nach Rasierwasser, und ich könnte ebenso schrecklich nach Haarspray riechen.

39 Dem Anblick von mir.

2 Einmalig

Die endlosen Nachmittage im Bett, auf dem Sofa, gelähmt, belämmert, besoffen, stinkend mit einer glitschigen Schicht aus Schweiss, Staub und Schuppen auf der Haut, das habe ich gründlich satt. Es ist verwerflich, sich so gehen zu lassen. Ich liege da und greife mit meinen Fingern in die Leere. Ich öffne meinen Mund. Der Bauch dehnt sich und zieht sich zusammen. Natürlich habe ich üblen Mundgeruch. Ich trinke zu wenig. Aber wie trinkt man mehr. Wie trinkt man mehr, als man will. Ich habe alles im Griff. Ich liege diagonal im Bett. Die Beine hängen schräg über den Bettrand hinaus. Das verändert die Perspektive des Raumes vollständig. Ich fahre mit einem Staubsauger den Fussleisten entlang. Es ist ein Ultralightstaubsauger, den ich einhändig und aus dem Bett heraus durch mein Zimmer dirigieren kann. Manchmal lege ich ein Bein auf einen kleinen Beistelltisch. Einen Arm lege ich über den Nachttisch am Kopfende. Ein paar gebrauchte Kleider hänge ich über den Bettrand, das ergibt eine noch stärker verzerrte[40] Perspektive. Wenn ich so durch mein Zimmer liege, wünsche ich mir manchmal ein Haustier, eine Katze. Die Katze sitzt tagelang auf meinem Beistell-

---

40 In die Bettdecke falten sich immer wieder Formen einer weiblichen Figur!

tisch.[41] Die Katze atmet[43] lauter als früher. Sie lässt die Zunge raushängen, nimmt sie ab und zu rein. Der

---

41 Ich möchte nie Meerschweinchen als Haustiere. Überhaupt finde ich diese Kleintiere ziemlich schlimm. Die Meerschweinchen scheissen wochenlang nie und dann drücken sie eine kleine Kotbohne raus, die erbärmlich stinkt. Vier Kinder, zwei Meerschweinchen[42], ein Einfamilienhaus und sozialdemokratisch wählen. So vergiftet sich die Gesellschaft.

42 Und noch ein Kind.

43 Wenn ich in den Urlaub fahre, muss die Nachbarin meine Katze füttern. Ich komme einen Tag früher aus dem Urlaub und sitze in der Küche, als die Nachbarin vorbeikommt. Sie möchte die Katze auch am nächsten Tag noch gerne füttern, obwohl ich einen Tag zu früh zurückgekommen bin. Ich müsse mir keine Sorgen machen. Die Katze geht zur Nachbarin und lässt sich dort füttern. Einen Tag länger. Meine Katze wiegt mehr als fünf Kilo. Deshalb kaufe ich immer Hundeportionen ein. Ich kaufe für meine Katze Hundefutter, weil meine Katze über fünf Kilo schwer ist. Der Prokilopreis für Hundefutter ist wesentlich tiefer als der Prokilopreis für Katzenfutter. Das Vermischen der Tiernahrung ist für mich eine Möglichkeit, die Bastardierung der Welt zu beschleunigen.

Atem ist lauter, weil die Katze einen ausgetrockneten Mund hat. Die Katze sitzt tagelang da, und ich habe schon vergessen, wovon sie sich ernährt. Die raushängende Zunge gibt der Katze einen tölpelhaften Gesichtsausdruck. Ich liebe tölpelhafte Katzen, die sind viel unberechenbarer als normal aussehende Katzen. Die sehen so aus, und machen alles anders. Die stehen vor der Türe, ihr dummes Gesicht drücken sie an ein Fenster. Niemand öffnet einer solchen Katze gerne das Fenster. Die Zunge hängt schräg aus dem Mund, leicht verdreht. Mein Nachbar hat eine ähnliche Katze, ähnliches Problem. Vom Tierfutter ist ihre Zunge schlaff geworden und hängt wie ein feuchter Waschlappen zum Mund raus. Seine Katze sieht doof aus. Sie ist doof. Jeden Morgen bemerke ich, wie sich die Staubsituation in meinem Zimmer verändert. An die Zimmerdecke habe ich eine Staublandkarte gezeichnet. Die verschiedenen Staubgebiete meines Zimmers sind darauf abgebildet. Es gibt Regionen, die ich nicht mehr besuche, andere bereise ich oft. Ich lasse mich von mir selber per Postkarte aus den lieb gewonnenen Gebieten grüssen. So grüssen:

Lieber M.
Es ist zu hell zum Schlafen,
der Tag bricht in die Nacht,
es ist dann doch gelungen,
ich bin so froh erwacht.

Ich muss da selber wieder einmal hinfahren. Das Gebiet unter den Fensterbänken ist besiedelt von dunkelgrauem, fadenartigem Staub. Die einzelnen Staubteile liegen weit auseinander. Ein grosses Gebiet, von der Türe bis zum Büchergestell, ist mit ganz feinem Staub bedeckt, der nur sichtbar wird, wenn die Katze diese Fläche schnell durchquert. Dann wirbelt der Staub über dem Boden auf, legt sich wieder. Unter dem Büchergestell liegt Staub, der sich anfühlt wie Fett. Dieser Staub bewegt[44] sich nicht. Was ich beim Betrachten der Staublandkarte nebenbei bemerkt habe, dass die Rundungen meines Ellbogens zu den Drapierungen des Vorhangs passen. Überhaupt beginnen meine Körperteile sich immer besser in mein Zimmer einzufügen. Die Haare auf meinem Ellbogen stehen wild durcheinander, wie die Zigarettenkippen im vollen Aschenbecher. Die angeknabberten Fingernägel sehen aus wie die Risse in der Tapete. Meine Knie zeigen Richtung Zimmerdecke und erinnern mich an Spargeln. Meine Finger krallen sich in die Matratze und sehen dabei aus wie Krähenfüsse. Die Speckfalte in meinem Na-

---

44 Der Staubsauger macht Lärm, saugt einen Teil ein, hinten kommt ein veränderter Staubteil wieder raus. Ich habe den Filter mit einem wohlriechenden Duschgel übergossen, damit der veränderte Staub auch eine andere Duftnote bekommt.

cken wird zusammengedrückt und erwärmt sich. Der Fettring um meinen Bauch verschwindet beim Liegen, sonst drückt er und gibt, besonders beim Sitzen, rote Striemen. Die Schuppen, die von meinem Kopf fallen, sehen aus wie ausgestanzte Papierkreise im Sammelbehälter des Papierlochers. Aus meinem Mund tropft jede Nacht Speichel auf das Kopfkissen, welches am Morgen trocken[45] ist. Ich verstehe das nicht. Der Speichel, der aus dem Mund tropft, muss irgendwo sein. Meine Augenlider liegen falsch auf meinen Augen. Die klaren Bilder[46], die zwischen den Augen und den Augenlidern sonst auftauchen, sind weg. Die Augenlider liegen nicht mehr flach auf den Augen auf. Es muss einen Zwischenraum geben, sodass die Bilder nicht mehr flach aufliegen, sich wellen[47] wie nass gewordenes Papier.

---

45 Es tropft sicher 1 dl Speichel aus mir heraus, und am Morgen ist davon nichts zu sehen, nichts zu spüren.

46 Zurzeit erscheinen: Dachrinne, Rollladen, Verkehrsschilder, Blitzableiter, Fahnenmast, Treppengeländer.

47 Dass sie sich wellen, kommt vermutlich vom Speichel, der aus meinem Mund tropft und am Morgen nicht zu finden ist. Der Speichel muss zwischen die Augen und die Augenlider geflossen sein.

3 Raus

Im Treppenhaus mache ich Begegnungen. Ich gehe aus dem Haus, schlendere durch die Strasse und grüsse Leute. Nachdem ich durch die Strassen gegangen bin, polarisiert sich die Menschheit. Sie zerfällt in zwei Völker. In die Gegrüssten und in die Ungegrüssten. Ich mache es mir schwer, ich grüsse nur jeden dritten Passanten. Oder ich mache es mir einfach und grüsse jeden. Wobei einen grüsse ich nie mehr, der hat mir ein Buch empfohlen, das war total schlecht, schlimm, eine Zumutung. Der hat sich als Kenner[48] aufgespielt. Das Grüssen macht vor allem am Montagmorgen Spass. Es ist die Zeit, wo man freundlichen Menschen begegnet, Farben und Ohren und Röcke und Beine und Füsse. Das sind die Dinge, denen ich am liebsten begegne.[49] Am Montag sind alle Menschen schön ge-

---

48 Ich habe bei ihm zu Hause den Büchertest gemacht. Während er kurz das Zimmer verlassen hatte, nahm ich einige Bücher, schaute von oben auf die Seiten. Wenn die Seiten ganz weiss sind, heisst das, dieses Buch hat niemand in die Hand genommen. Wenn ein Buch gelesen wurde, findet man vom Blätterdaumen Fettspuren. Eine leichte Verfärbung, gelblich.

49 Obwohl, laut Statistik müsste ich zuerst dem Hintern, dann dem Gesicht, dann der Brust, dann den

kleidet. Es gefällt mir jeder. Die frisch gewaschenen Kleider begleiten die Menschen an ihre Arbeitsorte. Es steht vielen Zufriedenheit ins Gesicht geschrieben. Der Wochenanfang ist feierlich. Sie gehen in ihre geheizten Büros. Es gibt auch die kranken Mitarbeiter. Plötzlich von einem Tag auf den nächsten: durchgedreht, nicht mehr erschienen, schlimmer noch, Selbstmord gemacht, oder noch schlimmer: die Frau und die Kinder ausgelöscht. Hat so angefangen. Unreine Haut. Die Katze hat mir immer das Gesicht aufgekratzt. Freunde haben mir die Katze wegnehmen wollen. Die Katze versteht mich. Sie kratzt die unreinen Hautstellen raus, bis es blutet. Freunde haben mir diese Katze dann wirklich ausgeredet, weggenommen. Ich habe begonnen, Steine nach dieser Katze zu werfen oder ihr nachzurennen, ich renne ihr nach. Ich schreie sie an. Einmal im Garten rannte ich ihr mit der Axt nach. Sie entwischte. Danach legte ich ein Schokoladeherz auf den Tisch und halbierte dieses mit ei-

---

Händen begegnen. Aber es fällt mir zunehmend schwerer, den Menschen zuerst auf den Hintern zu schauen. Dann müsste der Hintern, auch laut Statistik, noch in engen Jeans, einem schwarzen, satt anliegenden Unterhöschen oder in einem Minirock stecken. In der Statistik heisst es nichts darüber, was ich dann mit dem Hintern anfangen soll.

nem gezielten Axthieb. In Behandlung gewesen. Zuerst Hausarzt, dann Facharzt für Neurologie, dann Facharzt für Dermatologie, dann in medikamentöser Behandlung, dann geschlossene Abteilung, psychiatrische Klinik. Medikamente in den Mund genommen. Je nach Menge unter der Zunge oder zwischen der oberen Zahnreihe und der Oberlippe zwischengelagert. Unter Aufsicht zweier Schwestern viele Gläser Wasser hineingeschüttet. Die wollen sicher sein, dass ich die Medikamente auch wirklich schlucke. Danach die Medikamentc ausgespuckt, die Toilette runtergespült. Medikamente jetzt in Wasser gelöst, gemörsert. Die Schwestern haben mich durchschaut. Gedacht, Medikamente gäben Hautausschläge. Stimmt aber nicht. Einen Chemiker nach den Substanzen gefragt. Der sagt, unmöglich. Die Wirkstoffe sind laut Chemiker für meine Psyche, nicht für meine Haut. Ihm geglaubt. Aber nicht nur unreine Haut. Immer der Eindruck, die Türe nicht richtig geschlossen zu haben. Dass sich diese verdammte Türe nicht richtig schliessen lässt. Der Rahmen ist verzogen. Krumm. Türe hundertmal kontrolliert. Ein- und ausgebaut, um zu sehen, dass da nichts falsch ist. Ist alles in Ordnung, aber am Türschloss, da muss etwas falsch[50] sein. Oder

---

50 Seit einiger Zeit oft Nasenbluten. Sitze mit zurückgelegtem Kopf da, Geschmack von Blut im Gau-

einmal. Schuhe vor der Wohnung stehen gelassen. Sie zeigen auf die Türe des Nachbarn. Der Nachbar stirbt eine Woche später. Hat einen Herzinfarkt gehabt. Blieb am Morgen länger liegen als sonst. Ist nicht mehr aufgestanden. Für die gesunden Mitarbeiter müssen Änderungen vorgenommen werden. Deshalb haben viele der Büros Schreibtische mit Glasplatten, damit sich die Mitarbeiter nicht einfach verstecken können. Die Mitarbeiter, die plötzlich Angst bekommen. So einen Selbstmörder im Büro gehabt zu haben,

---

men. Kaltes Wasser in den Nacken. Mich selber anschreien, damit ich erschrecke. Was ich sagen muss, wovor ich Angst habe, ist, dass es jeder weiss, von irgendeiner ominösen Quelle und völlig verdreht und so. Wenn es jeder korrekt wüsste, wäre es kein Problem, aber einfach so ein Gewurstel, wo jeder weiss und doch nicht weiss. Ich erzähle nicht gern davon. Und jeder fragt schön regelmässig. Dabei weiss ich weniger als die. Nützt nichts, das Fragen. Manchmal, wenn ich gesellig bin, erzähle ich freiwillig. Ich wirke dann entspannt, die Leute glauben an mein Gesundwerden. Sie lassen mich an ihren Tischen sitzen, binden mich in Gespräche ein. Sorgen dafür, dass ich ab und zu eine Frage beantworten kann. Eine einfache.

ist nicht angenehm. Es ist nicht einfach, danach.[51] Und auch die Verallgemeinerungen: ein Mitarbeiter erschiesst sich, und plötzlich begegnet die Öffentlichkeit der ganzen Abteilung, noch schlimmer der ganzen Firma, als wären dort nur suizidgefährdete Menschen beschäftigt.

4 Enge im Raum unter den Beinen

Das enttäuscht mich, das macht mich traurig, wenn ich mir den Kopf stosse.[52] Das ist ein Angriff. Ich stehe da, verraten. Ein Türrahmen ist zu wenig hoch und zack schlägt mein Kopf hart auf. Nach einem solchen Zwischenfall kaufe ich mir Blumen, behalte diese den ganzen Tag in meiner Hand. Die Blumen in meiner Hand sind am Abend welk. Der stechende Duft. Ich halte mir die Nase zu. So schenkt man keine Blumen,

---

51 Es ist nicht einfach, damit umzugehen. Ich gehe nicht mehr raus. Die Gegensprechanlage ist meine einzige Verbindung zur Aussenwelt. Ich erfahre so, was vor meiner Türe geschieht. Wenn etwas geschieht, beteilige ich mich mit Geräuschen oder Worten. Ich bin der grosse Unbekannte, der aus der Gegensprechanlage spricht. Arschloch nennen mich die Schülerinnen, denen ich obszönes Geflüster auf den Schulweg mitgebe.

52 Ein dumpfer Ton.

mit zugekniffener Nase. Ich muss eine Beerdigung finden, da kann ich die Blumen ins Grab[53] werfen.

5 Hinein

Ich schaue aus dem Fenster[54] und sehe ein blaues Badetuch an der Wäscheleine hängen, dahinter ist eine Garage, dann Bäume, ein Hochhaus. Das Grau des Hochhauses wird gegen Mittag silberfarben, gegen Abend braun. Ich kann dasitzen und finde das schön. Die Sonne wärmt mein Gesicht. Die Stirn und die Backenknochen sind am wärmsten. Der Wind streicht

---

53 Eingedrücktes Eis.
Blümchen liegen auf meinem Kopf.
Mir fehlt das Essen.
Leg doch das nächste Mal ein Stück Kuchen dazu.
Blümchen liegen auf meinem Kopf.
Ich unten, die Blümchen oben.
Ich, der begrabene Pharao.

54 Wenn ich aus dem ersten Fenster blicke, sehe ich 59 Fenster. Wenn ich, von derselben Position aus, durch das zweite Fenster meines Zimmers blicke, sehe ich 55 Fenster und durch das dritte Fenster, auch von der ersten Sitzposition aus, sehe ich fünf Fenster, dafür aber gleich noch acht Kamine. Dies im Unterschied zu den ersten Fenstern, durch die ich keine Kamine sehe.

mir über die Schultern, den Hals[55] und die Beine. Ich liege nackt im Bett. Ich decke mich mit einem orangen Laken zu. Ich versuche, nicht zu denken. Ein Streifenwagen fährt vorbei, ich höre das Surren der Klimaanlage und schlafe irgendwann ein. Am nächsten Tag dichte ich gut gelaunt zum Strassenverkehr. Wie wenn ein Auto ans nächste gekettet wäre.[56] Die Ampel zeigt Grün, Rot, Grün, Rot, Grün. Ich sehe Schuhsohlen, schwebende Drähte für Busse. Die Drähte verteilen meine Gedanken durch die ganze Stadt. Ich sehe es an der Fahrweise der Busse. Die Hitze mache ich mit Kaffeetrinken ertragbar. Mein Mietwagen hat eine eingebaute Klimaanlage. Ich fahre durch eine Steppe, draussen ist es 50 Grad heiss. Ich sitze in der Badehose im Auto und trinke alle 30 Minuten zwei Dosen 7-Up. In der Kühltasche habe ich 128 Dosen gelagert. Die Klimaanlage braucht pro 100 km zusätzlich zwei Liter Benzin. Wieder am Meer. Eine Meerjungfrau steigt aus den Wellen. Ich habe meine Hände um ihre Hüfte gelegt, sie legt ihre

---

55 Derselbe Wind, wie am Strand. Das Meer wirft Wellen ans Ufer. Ich habe an diesem Meer viel erlebt.

56 Ich stehe neben meinem Auto und versuche dazuzugehören. Ich pisse auf einen heissen Stein, der neben dem Auto liegt.

rechte Hand in meinen Nacken, ihre linke Hand legt sie mir auf die Höhe meiner rechten Niere.[57] Wie hoch ist das Meer. Sind alle Meere gleich hoch? Zum Beispiel der Indische Ozean und die Nordsee. Als Meerjungfrau solltest du das wissen, ob die Meereshöhe von oben oder von unten gemessen wird. Ohne dich ist das Meer angenehm. Und das Meer kann ich auch tauschen gegen eine Sauna oder eine elektrische Wärmeflasche. In der Sauna habe ich mein blaues Badetuch mit dem eines anderen Saunabesuchers verwechselt. Oft schwitze ich in einer Gruppe von Rentnern. Ich starre sie an. Ich spüre säuerlichen Geschmack auf meinen Lippen, weiss, es ist Zeit für eine Abkühlung, und verlasse die Sauna. Wie eine welke Blume liegt mein Penis auf dem Oberschenkel. Der

---

57 Es liegt mir jetzt wirklich nichts mehr an dir. Weil du mir jetzt scheissegal bist. Du hast einen Knutschfleckring auf dem Arsch. Sechs Freier pro Abend? Ist das alles? Bei einer norwegischen Gruppensexparty hast du dich von zweien auf einmal in den Arsch ficken lassen. You took two up your arse. Ist das alles? Ich liege neben dir, du hauchst mir Zärtlichkeiten ins Ohr. Deine Überzeugung möchte ich haben. Mein Arm, mein ganzer Körper ist so leblos wie ein Arm bei Twin-Peaks, und endlich drehst du dich weg.

liegt da und kümmert sich nicht um andere Saunagäste.[58]

6 Immer noch

Ab nach Hause. Es sieht bei mir zu Hause aus wie auswärts. In meiner Toilette habe ich die Wände[59] selber voll geschrieben. Ich habe eine Tabelle einer Reinigungsfirma aufgehängt. Da trage ich ein, wann ich die Toilette gereinigt habe. Je nach Tag setze ich andere Initialen[60] ein. Der Zustand ist immer perfekt. Es gibt nichts zu reklamieren. Zu reinigen gibt's natürlich auch nichts. Die Küche: Der Mülleimer ist voll und stinkt. Am Boden liegen leere Getränkedosen, leere Zigarettenschachteln, Plastiksäcke, Papier. Ich lutsche

---

58 Es gibt aber eben auch die Saunagäste, deren Penis sich um die Anwesenheit anderer Saunagäste kümmert. Diese Saunabesucher drücken sich ein Badetuch zwischen die Beine. Wenn sie aufstehen wollen, müssen sie das Badetuch noch stärker gegen ihre kontaktfreudigen Penisse drücken.

59 Wer lutscht meine Eier und küsst mein Gesicht am 23.10. um 22.00 Uhr?

60 Wir sind für die Reinigung dieser Toilette zuständig. Sollte der Zustand dieser Toilette Sie nicht zufrieden stellen, nehmen Sie bitte mit uns Kontakt auf.

ein Eis. Ich werfe das Papier auf den Boden. Da passt es hin. Runtergefallene Essiggurken[61] liegen schon so lange da, dass sie auf eine Höhe von 0,5 mm zusammengetrocknet sind. Ähnliches ist mir bei einer Bananenschale aufgefallen. Im Warenhaus wird Putzmittel im Sonderangebot verkauft. Ich gehe mit dem Rucksack hin, kaufe 20 Flaschen. Ich stelle in jedes Zimmer eine Putzmittelflasche, in einige Zimmer drei. Ich steche die Flaschen an. Das Putzmittel läuft langsam aus. Es beginnt nach Putzmittel zu riechen. Ich renne in den Zimmern herum, öffne die Fenster[62], damit sich der Duft in der ganzen Wohnung ausbreiten kann.

---

61 Ich wohne seit 10 Jahren in dieser Wohnung. Ich suche eine Büroklammer, und plötzlich stosse ich in einer Schachtel, die mit Briefmarken gefüllt ist, auf eine. Ich habe alle Büroklammern verbogen. Die Stellen, wo sie sich nicht schön rund formen liessen, habe ich mit weissem Klebeband eingewickelt. Das sind Objekte von unsäglicher Schönheit geworden, krüpplige Tiere.

62 Ich öffne den Kühlschrank, um abzuklären, ob der Tag Spuren hinterlassen hat. Der Tag hat natürlich keine Spuren hinterlassen. Die unstrukturierten Tage hinterlassen nie Spuren. Der Kühlschrank kühlt aus genau diesem Grund. Er will keine neuen Strukturen zulassen, keine neuen Organisations-

7 Weg

Die Füsse von Frau La Cam-phat habe ich im Sommer bestaunt. Die Füsse von La Cam-phat kriegt man sonst nie zu sehen. Ausser im Sommer. Die Füsse von La Cam-phat sind sehenswert. Es handelt sich um wohlgeformte Füsse. Die sind so wohlgeformt, dass es gar nicht auffällt. Im letzten Sommer habe ich Dutzende andere Füsse gesehen. Im Freibad und am See. Ich lege mich ans Seeufer, weit vorne, so, dass die Leute an mir vorbeigehen müssen. Ich liege auf dem Bauch und lege das Kinn auf meine Hände. So sehe ich die Füsse vieler Badegäste an mir vorbeigehen. Ich rieche aus einer Distanz von 25 cm, ob jemand Fusspilz hat oder nicht. Ich kann unterschiedliche Fusspilzarten per Nase unterscheiden. Ich kann so Fusspilzkontrollen durchführen, ohne dass ich denen die Zehen[63] sprei-

---

formen. Ich stelle aus Hygieneüberlegungen meine Schuhe in meinen Kühlschrank.

63 Ich greife mir selber regelmässig zwischen die Zehen. Ich schiebe den kleinen Finger zwischen die Zehen und fahre mit dem Finger auf und ab. Wie beim Karottenraffeln, auf und ab. Mein Finger wird weiss, überzieht sich mit abgeraspeltem Fusspilzmaterial. Bei einigen Freunden habe ich um Fusspilzmaterial gebeten. Die haben mir ihre abgeraspelten Proben in Filmdosen verpackt zugeschickt.

zen muss. Im Winter habe ich selber das Gefühl, Fusspilz zu bekommen. Ich gehe ins Hallenbad, weil es dort eine Düse gibt, wo man die Füsse abspritzen kann. Ich gehe direkt in die Dusche, sprühe meine Füsse minutenlang ein, gehe zurück in die Garderobe, setze mich auf die Bank, warte und gehe dann zurück in die Dusche und wiederhole[64] meine Fussbespritzung. In der Garderobe beginne ich häufig Gespräche über Fusspilz zu führen, gebe mich als Professor für[65] Hautkrankheiten aus, berichte über meinen eigenen Fusspilz. Ich sehe viel in diesem Winter. Männer, die mir Verfärbungen, kleine Flecken und Muttermale zeigen. Ich berate und schlafe danach schlecht. Vielleicht stirbt einer bald an den Folgen meiner Fehldiagnose. Gegen Ende Februar habe ich meinen Fusspilz besiegt. Jahre später erleide ich in einem polnischen Hotel einen Rückfall. Fusspilz in einer solchen Ausdehnung, dass ich nicht mehr gehen kann. Ich liege zwei Tage nur in diesem Hotelzimmer und weiss nicht wie weiter. Die Frau, die das Zimmer reinigt, spricht mit mir.

Ich habe meine Nase für etwa 10 verschiedene Fusspilzsorten sensibilisiert.

64 Wenn andere Badegäste ungeduldig hinter mir warten, lasse ich sie vorgehen.

65 Wer einem Professor in Badehose traut, ist selber schuld.

Es tönt nach Aufmunterung. Ich sitze am kleinen Tisch, habe eine Zeitung auf den Boden gelegt, meine Füsse draufgestellt, eine zweite Zeitung darüber und warte, bis die Reinigungsfrau weg ist.

8 Circulation

Ich renne durch die Wohnung, schreie, krächze, greife mir an die Eier. Eine Nachbarin greift ihrem Mann auch an die Eier, wenn er schnarcht. Ich hüpfe. Es tönt wie bei einem Rodeoturnier. Abwechslungsweise bin ich Reiter und Ochs. Wenn ich wieder Ochs werden will, trinke ich Red Bull. Ich kaufe Red Bull an der Shelltankstelle. Dort arbeitet eine Frau, die hat unglaublich blaue Augen. Ich kaufe Spaghetti und Tomatensosse. Die Frau von der Tankstelle beklagt[66] sich über meine Einkäufe. Dann nehme ich den Toilettenschlüssel, gehe auf die Tankstellentoilette und habe Vergewaltigungsphantasien. Oder ich sehe einen Schäferhund vor mir, der mit den Vorderbeinen auf der Toilettenschüssel steht und in die Toilette reinpisst. A very well educated dog! Während ich auf der Toilette bin, passt die Verkäuferin auf meine Einkäufe auf. Sie

---

66 Mit diesen Zutaten kannst du niemanden zum Essen einladen. Will ich auch nicht. Ich werde mich zu Hause selber aussperren, und drinnen wird diese verdammte Tomatensosse kochen.

hat sie in einen Plastiksack gepackt und hinter dem Verkaufstresen auf den Boden gestellt. Der Toilettenschlüssel hängt an einem grossen gelben Shellschlüsselanhänger. Eine Muschel.[67] Ich habe irgendwann mit Begrüssungsküssen angefangen. Auf den Mund. Ich versinke in ihren weit geöffneten Lippen. Ich küsse lieber wie eine geschlossene Muschel.

9 Kreuzung

Ich stütze den Kopf mit einer Hand, beginne mir die Haare zu kraulen. Ich denke an Frisuren. Ich möchte gerne kürzere Haare, als ich habe. Je kürzer, desto klüger. Oder eine Tönung. Die Tönung muss so nahe wie möglich an meiner ursprünglichen Haarfarbe sein. Einen Übergang von der eigenen zur fremden Farbe, das will ich.[68] Ich falle der Länge nach hin. Ich liege am Boden und denke an Nabelschnüre. Wie lang ist die Nabelschnur eines Neugeborenen? Und bei Zwillin-

---

67 Ich habe dann doch nicht ganz verzichten wollen. Sie hat den Lagerraum geöffnet, hat ihre Verkäuferinnenuniform schnell ausgezogen.

68 Ich gehe gerne in Friseursalons. Die netten Leute dort sind wie Weihrauch, der sich verwedeln lässt, der sich, wenn es Zeit ist, verflüchtigt. Die netten Leute lösen sich in Luft auf. Ich stolpere aus dem Friseursalon raus, über eine Hundeleine.

gen, wie ist es da? Genau drei Tage später rufe ich mit verstellter Stimme, als Kind, in einer Radiosendung an, wo man Fragen stellen kann. Der Moderator nimmt meine Frage entgegen, und kurze Zeit später ruft ein Chefarzt einer Geburtsabteilung eines Krankenhauses an. Die Nabelschnurlänge variiert zwischen 0,3 m und 1,0 m. Es gibt keinen Grund, warum die Nabelschnüre bei Zwillingen gleich lang sein sollten. Es gibt auch keinen Grund, warum sie nicht gleich lang sein sollten. Das heisst, die Länge schwankt also auch für Zwillinge zwischen 0,3 m und 1,0 m. Verläuft die Nabelschnur zuerst gemeinsam und teilt sich dann in zwei Nabelschnüre? Oder sind da von Anfang an zwei Nabelschnüre vorhanden? Es gäbe dann einschnürige und zweischnürige Zwillinge. Während ich mir das alles zurechtlege, liege ich immer noch am Boden, blicke einer hübschen Frau, die einen Hund mitführt, in die Augen. Die Frau und ich sind uns fremd. Ich stehe auf, sie entschuldigt sich. Ich entschuldige mich. Ich hasse Hunde. Einen Teil meiner Hundeaggressionen kann ich so begründen: In vielen Parks toben Hunderte von degenerierten Hunden herum und scheissen alles voll. In diesen Parks wird das Gehen zu einer mühseligen[69]

---

69 Ich jage eine Salve Schrot in den Pelz eines Hundes. Eine weitere Ladung für den Hundebesitzer und die Leute, welche zugeschaut haben, ohne sich

Gleichgewichtsübung. Ich will auch einen Hund. Das aufgeschlagene Buch, in dem nur der Wind blättert, das Rauschen des Strassenverkehrs, der sabbernde Hund. Das ist meine Idylle.[70] Wenn ich etwas sagen will, sage ich es dem Hund. Wenn ich nichts sagen will, füttere ich ihn. Die Erlebnisse, die Hundebesitzer haben, will ich auch haben. Ich gehe mit meinem Hund am See spazieren. Auf dem See schwimmt ein Teppich aus Blütenstaub, Schilfhalmen, Blättern, Seegras. Dieser Teppich ist braun. Mein Hund verwechselt diesen Teppich mit einem Steg. Er geht ins Wasser, will auf dem Steg stehen und taucht sofort ab. Der Steg ist wegen des hohen Wasserstandes überflutet. Ich

---

dagegen zu wehren, wie der Hund sich hingesetzt hat und seinen Haufen gemacht hat. Es gibt kein vergleichbares Gefühl. Wenn ein Hund in der Scheissposition sitzt, an einem Ort, wo er nicht scheissen darf, gehe ich hin und trete ihn in die Seite. Hunde sind während dieser Momente nicht fähig, die Aggression zu erwidern. Die Hundebesitzer sind ebenfalls derart peinlich berührt, dass auch sie nicht eingreifen. Ein Gefühl der totalen Beherrschung, der totalen Bestimmung über ein Wesen, über zwei Wesen eigentlich.

70 Ich werde den Hund füttern, mästen und dann spazieren führen.

gehe über das Wasser, wie Jesus. Der Hund ist untergegangen, treibt unter dem Steg. Ich kriege ihn zu fassen und ziehe ihn unter dem Steg hervor. Er ist schon ziemlich schlaff und leblos. Ich greife die Hinterbeine, halte den Hund vor mir in die Höhe, das Wasser läuft aus dem Hund heraus, er japst, kommt zu sich. Hund, du hast Glück mit mir. Ich habe aus Wäscheklammern und einem Plastiksack auf meinem Fahrradlenker eine Hundeattrappe installiert. Es ist nicht eine Vollhundeattrappe, sondern nur eine Hundekopfattrappe. Der Hundekopf wird durch den Plastiksack dargestellt, die zwei Wäscheklammern sind die Ohren des Hundes.[71] Wenn ich gut gelaunt bin, spanne ich den Hund vor

---

71 Wenn jemand hinschaut, haue ich dem Hund eine runter und schreie ihn an, Scheisshund, sei still, schau nicht jeder Hündin nach. Oder, Scheisshund, hier warten, habe ich gesagt. Mit dieser Hundekopfattrappe auf dem Fahrradlenker spaziere ich durch die Stadt. Wie ein Hundebesitzer. Zuerst hatte ich den Hundekopf auf einem Herrenfahrrad eingerichtet. Jetzt habe ich die Hundekopfattrappe auf dem Lenker eines Minivelos. So stimmt die Höhe. Mit dem Minivelo kann ich schnellere Lenkerbewegungen machen. Das Fahrige, das Schnellschnüffeln, das Schnellmarkieren und das Nasereinhalten gelingen so besser. Vor

mein Minivelo. Er zieht mich dann durch die Strassen. Wir sind ein erfolgreiches Gespann. Ich liebe meinen Hund. Wenn ich ihn nicht liebe, reisse ich die Attrappe vom Lenker, schmeisse sie in den nächsten Mülleimer. Ich habe im Keller ein Wandgestell mit vorbereiteten Hundekopfattrappensets. Immer zwei Wäscheklammern und ein Plastiksack. Es gibt je nach Sack verschiedene Hundecharaktere. Migrossäcke liebe ich sehr. Die lassen sich sehr gut zurechtformen, und das Knistern des Materials, wenn ich dem Hund eine runterhaue, ist bei den Migrossäcken unübertroffen, unerreichbar.

10 Inside

Ich sitze am Küchentisch. Auf dem Küchentisch veranstalte ich eine Ausstülpung meines Seelenlebens. Eine Kaffeetasse leer, eine Kaffeetasse halb voll, ein Messer mit Butterresten, ein Messer mit Marmeladeresten, ein Brot frisch, Käserinde, Papier, Taschenmesser, Kerzenständer, Gummibänder in verschiedenen Grössen, ein Telefonbuch, einige Filzstifte und Kugelschreiber, Schnur, Klebeband, das Schweizer Kursbuch, Einzahlungsscheine, Zettel mit Telefonnum-

---

dem Supermarkt stelle ich mein Fahrrad ab. Ich schreie den Hund an und haue ihm präventiv eine runter, bevor ich in den Laden gehe.

mern voll geschrieben, zwei Pakete Pasta, ein Feldenkraislehrerverzeichnis. Und es regt mich auf, dass das alles von mir sein soll. Ich nehme das Telefonbuch und schreibe pro Buchstabe den erstgenannten Namen auf. Das ergibt folgende Reihe: Aadi, Babino[72], Caamano, Dabaja, Ebah, Fabbiano, Gaballo, Haab, Iacobazzi, Jaag, Kaabachi, La Cam-phat, Maag, Naber, Obahon, Pace, Qerimi, Räber, Saa, Taborelli, Uboldi, Vancca, Waber, Xhelili, Yagi, Zaadnoordijk. Ich kann mir eine noch schönere Reihe vorstellen.[73]

---

72 Einmal habe ich die Wäsche von Babino aufgehängt. Die hat prompt reagiert.

1. Besten Dank für das Aufhängen der Wäsche.
2. War die Waschküche nicht deutlich besetzt?
3. Wenn schon aufhängen, dann bitte exakt!
4. Ich finde es nicht besonders höflich, fremde Wäsche aufzuhängen und nichts zu sagen.
5. Bitte nächstes Mal fragen.

Ich habe Babino am nächsten Tag erschossen. Ich habe Babino natürlich nicht ganz erschossen. Nur das Namensschild im Hauseingang habe ich erschossen. Mit meiner rechten Hand.

73 Herr Abelenda gibt Frau Beyeler die Hand, Frau Beyeler gibt Herrn Crevoisier die Hand, Herr Crevoisier gibt Frau Dürig die Hand, Frau Dürig gibt Herrn Eltschinger die Hand, Herr Eltschinger

Ich rufe dann doch lieber Aadi an und frage, ob er Babino kenne, dann rufe ich Caamano an und frage, ob er Dabaja kenne. Das mache ich so lange, bis einer den Nächsten kennt. Mein Tisch ist immer noch nicht in besserer Ordnung. Fricker senkt die nackten Füsse mit den rot lackierten Nägeln auf Geisers Brust. Zwi-

---

gibt Frau Fricker die Hand, Frau Fricker gibt Herrn Geiser die Hand, Herr Geiser gibt Frau Horlacher die Hand, Frau Horlacher gibt Herrn Isler die Hand, Herr Isler gibt Frau Jablonski die Hand, Frau Jablonski gibt Herrn Kofmehl die Hand, Herr Kofmehl gibt Frau Leisi die Hand, Frau Leisi gibt Herrn Mottaz die Hand, Herr Mottaz gibt Frau Nützi die Hand, Frau Nützi gibt Herrn Opsahl die Hand, Herr Opsahl gibt Frau Ponnudurai die Hand, Frau Ponnudurai gibt Herrn Quinche die Hand, Herr Quinche gibt Frau Rinaldi die Hand, Frau Rinaldi gibt Herrn Schorpp die Hand, Herr Schorpp gibt Frau Taborelli die Hand, Frau Taborelli gibt Herrn Uboldi die Hand, Herr Uboldi gibt Frau Voisard die Hand, Frau Voisard gibt Herrn Waber die Hand, Herr Waber gibt Frau Xhelili die Hand, Frau Xhelili gibt Herrn Yislmaz die Hand, Herr Yislmaz gibt Frau Zitterli die Hand und Frau Zitterli gibt sich selbst die Hand.

schen Uboldi und Voisard gibt es körperliche Intimität. Sie liegen manchmal umschlungen auf dem Bett, wie zwei Gewächse, die ihre Wurzeln zusammenflechten. Eltschinger bleibt zurück. Der Duft von Horlachers Körper hängt noch im Bett. Isler saugt an den steif gewordenen Nippeln von Beyeler. Mottaz und Leisi sind zusammen beim Kerzenziehen. Quinche bringt Rinaldi Blumen. Waber und Xhelili suchen gemeinsam eine Wohnung. Yislniaz lutscht an Nützis Daumen. Das befriedigt beide. Zitterli ist allein. Uboldi entwirft Spielzeug und hat zu Hause alles voll gestopft mit Material, weshalb Ponnudurai aus der Wohnung ausgezogen ist. Opsahl lebt zurückgezogen auf dem Land und weiss nicht, wie den nächsten Winter verbringen. Er weiss nicht, wo. Dürig und Crevoisier haben kürzlich ihre neue Wohnung bezogen. Abelenda raucht stark. Er hasst[74] Zitterli, die über ihm wohnt.

---

74 Abelenda kauft 15 Schachteln Zigaretten, die er alle in einem Tag rauchen will. Er richtet sich ein. Wasser, Feuerzeuge, Aschenbecher, Brot, das Telefon, eine Sauerstoffmaske. Er beginnt um 10 Uhr. Zitterli merkt nichts. Sie stirbt einen langsamen Tod, durch Rauchvergiftung.

11 Echt

Die schlimmen Tage beginnen am Morgen. Es gibt ein heimtückisches System, welches die schlimmen Tage über das ganze Jahr verteilt.[75] Für diese schlimmen Tage habe ich ein Handbuch mit Handlungsanleitungen.[76]

12 Knecht

Ich verweigere ein paar Mal den Flötenunterricht und das Schönschreiben. Ich habe es satt, jede Woche drei Seiten in diesem Schönschreibheft voll zu schreiben. Man kann nicht einfach aufhören. Dieser Schönschreibunterricht ist von langer Hand vorbereitet worden. Deshalb beginne ich Sportresultate abzuschreiben, dann Verkehrsunfälle, dann Wetterprognosen, und schliesslich kopiere ich Todesanzeigen. Ich schreibe das Wort Todesanzeige viermal pro Zeile hin. Den Text: Unsere liebe Mutter, Schwester und Ehefrau ist nach kurzer, schwerer Krankheit selig eingeschlafen, und auch die Spendeaufforderung schreibe ich fünfmal hin. Nach diesem Eintrag müssen meine Eltern zu einem Gespräch mit der Lehrerin erscheinen. Die

---

75 Die Abstände zwischen den schlimmen Tagen kann auch der beste Mathematiker nicht ausrechnen.

76

Schönschreibübung wird eingestellt. Ich werde zu einem Test aufgeboten. Ich schaue der Testleiterin immer wieder auf die Brüste. Sie rutscht nervös auf ihrem Psychologenstuhl hin und her. Zur Belohnung, weil ich den ganzen Test gemacht habe, erhalte ich eine Ananas mit aufgebundenen Schokolädchen und Bonbons.[77] Meine Intelligenz bestand darin, zu wissen, wie weit es von Zürich nach Boston ist. Ich weiss das, weil der letzte Auszug meines Meilensammelprogrammes genau diese Strecke ausweist. Ich weiss auch, wer der erste Mensch auf dem Mond war, wie viele Propheten sich im Neuen Testament zum Leben von Jesus äussern etc. Später mache ich einen weiteren Test, aus Geldnot. Ich beantworte Fragen zum Wohlbefinden.[78] Zu meinem Wohlbefinden. Ich finde es nicht besonders schwierig, mit lauten, unangenehmen Leuten umzugehen. Mir geht es in jeder Situation blendend. Ich bin immer höflich, auch zu Arschlöchern. Nur gelegentlich hätte ich ein bisschen Lust, alles zu zerschla-

---

77 Sehr schön. Die Auswertung hat ergeben, dass ich einen IQ von 150 habe.

78 Ich erröte nicht öfter als andere. Breche wichtige soziale Beziehungen ab, um Scham- oder Peinlichkeitsgefühle zu vermeiden. Mache Witze über Themen, mit denen ich schlecht umgehen kann. So bin ich.

gen. Die Psychologin lächelt mir während der Befragerei[79] aufmunternd zu. Die Auswertung ergibt, dass meine Zukunft gut aussieht und ich mehr Freude am Leben habe als die meisten anderen, welche anderen Menschen. Ich verlasse diesen Test als gestärkte Persönlichkeit.

13 Wissen

Ab und zu trage ich zwei volle Tragtaschen, gefüllt mit Büchern, aus der Bibliothek, stelle sie bei mir zu Hause in die Garage und bringe sie nach 23[80] Tagen wieder in die Bibliothek zurück. Ich habe einen Plan, was das Ausleihen der Bücher angeht. Ich hinterlasse im Ausleihesystem Spuren meines Interesses. Per Mouseclick kann das Bibliothekspersonal feststellen, wie sich meine Interessenlage verschoben hat, wie ich

---

79 Erlebst du eine erfüllende Sexualität. Ja. Und ich bin auch immer sorgfältig angezogen. Bin ein tüchtiger Mensch, habe eine verlässliche Paarbeziehung.

80 Ich lege während der Ausleihfrist die Bücher zwei-, dreimal von der einen in die andere Tragtasche. Die Buchtitel gehen durch meine Hände, ich bemerke fasziniert, wie sich die Bücher wieder zu zwei gleich hohen Stapeln anordnen lassen.

immer mutiger einander fremde Wissensgebiete vernetze.[81] Ab und zu etwas Psychologisches und Krankheiten sind auch immer gut. Bei der Rückgabe muss ich die Buchrücken nach oben drehen, damit der aufgeklebte Strichcode einscannbar ist. Die schaffen es nicht, alle Codes an derselben Stelle aufzukleben. Oft ist der Code auf dem Buchrücken, es gibt auch Bücher, wo er auf der ersten Umschlagseite klebt, und andere, wo er auf der zweiten Umschlagseite klebt. Ich übe diesen Vorgang, will schnell sein. Das Zurückgeben der Bücher hat Wettbewerbscharakter. Manchmal übe ich auch an der Migroskasse. Die Verkäuferinnen verunsichert das. Sie nehmen die Waren so in die Hand, dass sie zuerst den Strichcode, den sie nicht lesen können, anschauen und diesen dann zum Scanner drehen. Die sind nicht lernfähig. Ich lege die Einkäufe deshalb so aufs Band, dass der Strichcode gegen die Verkäuferinnen zeigt. Das beschleunigt diese unangenehme Situation an der Kasse. Ich sage danke dafür, dass sie den Betrag richtig vom Display ablesen können, oder danke dafür, dass sie das Retourgeld richtig abgezählt haben. Oder bin dankbar dafür, dass sie sechs Artikel, die identisch sind, einzeln

---

81 Es macht sich gut, ab und zu ein fremdsprachiges Buch auszuleihen. Fremdsprachenkenntnisse machen mich attraktiv.

einscannen.[82] Die Bücher sind blitzschnell erfasst, und ich gehe weiter. In der juristischen Bibliothek gehe ich spazieren. Ich gehe durch die stillen Reihen. Das Schweigen steigt aus den dampfenden, gekrümmten Rücken mir entgegen. Ich gehe zügig durch diese Reihen, furze, gehe weiter. Mein Geruch mischt sich mit dem der dampfenden Juristen. Einige drehen sich um, schauen irgendeinen in der Nähe Sitzenden an, verkrampfen sich wieder und dampfen[83] weiter. Nach diesem Bibliotheksbesuch wasche ich mir die Hände.

14 Aufbau

Beim Kinderarzt musste ich vorzeigen, wie ich gehe.[84] Mein Gang sieht bemitleidenswert aus. Der Arzt lacht.

---

82 Mir kommen die Bücher vor wie verendete Fische, die mit dem Bauch nach oben an der Wasseroberfläche treiben. Aus Fisch wird Rauchlachs-Salat. Ich will entweder, oder. Nicht diese Vermischungen. Entweder Lachs oder Salat. Diese Verlegenheitsmenüs, die dann trotzdem 23 Franken kosten. Das ist kundenfeindlich.

83 Das ist tatsächlich warmer Dampf, der von den Rücken der Juristen aufsteigt. Ich gehe nahe an einigen vorüber, strecke die Hand aus, mit der Handfläche nach unten, fühle die Wärme aufsteigen.

84 Heute gehe ich stockbesoffen zur Rennbahn. Ich

Ich gehe noch einmal durch den Raum. Mir werden Einlagen in die Kinderschuhe gelegt. Morgens nehme ich sie raus, abends lege ich sie wieder in die Schuhe. Mein Selbstvertrauen hat nicht gelitten. Einmal werfe ich die Einlagen auf dem Schulweg in einen Mülleimer. Es ist klar, gewisse Bewegungsabläufe[85] sind nicht gut ausgebildet.

---

trage ein Hemd, der zweitunterste Knopf fehlt. Mein Ranzen zwängt sich zwischen dem Hemd heraus. Mein weisslicher Ranzen schimmert durch. Ich gewinne bei Pferdewetten regelmässig. Nice shoes. Want to fuck? So gewinnt man Freunde.

85 Ich will bei einem Automaten eine Dose Cola kaufen. Der Automat nimmt eine meiner Münzen nicht. Eine Frau steht hinter mir. Sie führt mir vor, wie dieser Kasten bedient werden will. Zärtlich nimmt sie die Münze und reibt sie an der Metallfront des Automaten, der Kasten schluckt die Münze anstandslos. Es ist die zarte Frauenhand. Es muss die zarte Frauenhand sein, die so etwas möglich macht. Frauenhände öffnen Mineralwasserflaschen, ohne dass alles nass gespritzt wird. Frauenhände sind erfolgreicher als Männerhände. Manchmal streichen diese Frauenhände sanft über meinen Arm. Dann kratzen die Nägel dieser Hän-

15 Toll

Telefongespräch: Ich komme. Schweigen. Wiederholung: Ich komme. Ich komme. Hallo. Hast du mich verstanden. Ich komme. Schweigen. Ende des Telefongespräches! Ich lege meine Hand auf deine Schultern. Ich stehe hinter dir. Ich bilde mit meinen Handflächen die Wölbung deiner Schulterblätter nach. Dein Hinterkopf berührt mein Brustbein. Ich lege meine Hände auf deinen Bauch. Du legst deine Hände in meine Hände. Du atmest langsamer. Ich übernehme diesen Rhythmus. Wir atmen uns gegenseitig ins Ohr. Ich weiche einen Schritt zurück. Ich denke an dich. Ich korrigiere an dir herum, lege dir Worte in den Mund, denke mir dein Denken aus. Obwohl ich weiss, dass

---

de hässliche Wunden in meinen Arm. Die gleichen Hände habe ich plötzlich auf dem Nacken eines anderen Mannes gesehen. Ich habe mir diese Hände immer auf meinem Nacken vorgestellt. Diese Hände hätten sich bei einem Spaziergang um meine Hüfte gelegt, und in einem kleinen Laden hätten diese Hände Negerküsse, Äpfel und Bier für mich gekauft und hätten mir dann den Kopf gestreichelt und mir Mut gemacht. Sie hätten mir ihre Wohnung geöffnet. Sie hätten mir vor der Abreise die Uhr gestellt, damit ich den Zug nicht verpasse.

du nie dazu fähig sein wirst. Nie. Beim ersten Kuss verwandle ich mich in einen hässlichen Frosch. Je nach Feuchtigkeitsgrad des Kusses werde ich zur hässlichen Erdkröte, zum zierlichen Grasfrosch oder zum umwerfend hübschen Prinzen. Ich hasse Frank und Günter.[86] Ich bin nicht mehr so sportlich, wie auch schon. Ich als abgewiesener Liebhaber. Es nagt bös an der Fassade. Die Liebe als Nagetier.

16 Spärlich

Meine Liebesbriefe sind immer klar. Was auf den Liebesbrief folgt. Das Streicheln des kleinen, sanften Winkels seitlich am Busen. Wer diese Stelle findet, ist begabt. Ich finde diese Stelle immer. Man muss nur die Stelle nicht auf Anhieb finden wollen, sondern man muss sich dahin lecken wollen. Spiralbewegungen. Leckende Spiralbewegungen. Nach dem Lecken die Ernüchterung und danach der obligate Liebesbriefwechsel.[87] Ich kann dich nicht treffen, zu viel ist in mir aufgewühlt.

---

86 Fuck you, Frank and Günter. Anne hau' ich heute in die Pfanne. Ich denke an eine Rose oder an eine schöne Insel. Anne, bist du eine Rose?

87 Geehrtes Fräulein, meinen herzlichsten Dank für das liebe Briefchen, welches mich so sehr erfreut

17 Ideal

Einmal muss das Glück doch auch für mich da sein. Einmal vollständiges Glück. Wie sie am Mittag nach Hause kommt. Nur das: Wie sie am Mittag nach Hause kommt. Aber das ist wohl nicht für mich gedacht. Hat wohl nicht gereicht für mich. Für mich bleibt das Glück beschränkt auf das Öffnen einer Fertigsuppe von Maggi und auf das Zubereiten dieser Suppe.

18 Weinen

Sag, dass du mich nicht kennst. Sag, ich bin nicht dein Freund. Mach schon. Dein Körper, deine Augen, deine Anspielungen, sie sind nicht für mich bestimmt. All die

---

hat. Ja, ich verzeihe Ihnen gerne das lange Stillschweigen. Geehrtes Fräulein. Wenn es mir möglich ist, werde ich Ihnen nächsten Sonntag einen Besuch abstatten. Ich freue mich natürlich sehr auf ein Wiedersehen. Ein paar schöne Stündchen muss es geben, wo wir wieder beieinander sind. Die Adresse war richtig, und so hat der Brief seinen Empfänger gefunden. Also auf Wiedersehen, liebes Fräulein. Empfangen Sie von mir die herzinnigsten Grüsse nebst Kuss. Ich male ans Ende meiner Briefe immer ein Herz. Es gibt nur ganz, ganz wenige Menschen, die ans Ende ihrer Briefe ein Herz malen und es so meinen!

verzweifelten Briefe, die ich erhalten habe. All die zweitklassigen[88] Verse. Das war von dir! Und jetzt sitzen wir hier in dieser Bar, und ich schütze dich vor sexuellen Übergriffen anderer Besucher.

19 Heulen

Du bist modern und unabhängig. Du lässt dir von einem Verehrer einen Hühnerstall bauen. Das Glück in vier Wänden. Ich halte den Hühnern meine brennende Zigarette vor den Schnabel, und sie picken danach, immer wieder. Ich lege jedes Mal, wenn ich zu Gast bin, einige Pfefferkörner auf den Stallboden. Dein Vater hat den Hühnerstall kontrolliert. Hat dir gesagt, dass der Stall nun marder- und fuchssicher sei. Die Müdigkeit in deinen Augen, seit du diesen Stall hast. Eine schlimme Müdigkeit. Was du nicht weisst, deine Genitalienerkrankung hängt mit dem Hühnerstall zusammen. Deinem Verehrer geht es darum, dir zu zeigen, dass er dir auch ein Haus bauen könnte. Jedes Huhn wird dich mehr an ihn binden. Ich kann deine Freude, mit welcher du nach Hühnernamen suchst, nicht teilen. Ob Emma, Berta, Clara oder Elsie, ist egal. Sie werden sowieso alle vom selben Hahn gefickt. Ich wollte dir einen Zwerghasen schenken. Ei-

---

88 Nur wenn beide einfühlsam sind, können auch beide etwas wirklich Erfüllendes erleben.

nen. Ohne Stall. Ich wollte ihn stubenrein kriegen, dann hätte er im Zimmer bleiben können. Im Sommer war vorgesehen, dass er draussen schlafen könnte. Nur ein kleiner Stall, damit sich der Zwerghase vor den wilden Tieren retten könnte. Du trägst dein Kind vorne.[89] Dein Mann ist ein neuer Mensch, seit er Vater deines Kindes ist. Er hat Qualitäten an sich entdeckt, die er nicht kannte. Er spricht in deiner Gegenwart von den verschiedenen Restaurants, wo man noch schnell hingehen und einen Kaffee trinken könnte. Du schaust dem Ganzen gelassen zu. Du lässt alle Kinder auf deinen Namen taufen. Der gemeinsame Telefonbeantworter meldet nur deinen Namen.

20 Gerade aus

Ich steige das Treppenhaus hoch, öffne meine Wohnungstüre, gehe in die Küche und schnüre den Kehrichtsack zu. Dann klebe ich eine Gebührenmarke auf den zugebundenen Sack. An den Säcken, welche ich auf dem Trottoir gesehen habe, kleben schon Gebührenmarken. Es gibt auch Säcke, bei denen die Gebühr aufgedruckt ist. Die Gebührenmarkenfrage teilt viele Mehrfamilienhäuser in zwei Lager. Es gibt die Bewohner, die lieber Marken kaufen und diese aufkleben, und es gibt ebenso viele Bewohner, die bedruckte Sä-

---

89 Es bringt dir Vorteile, dieses Kind vorzuhängen.

cke kaufen. Ich wechsle ab. Ich will nicht anhand der Entsorgungsart identifiziert werden können. Soziologisch kann man wenig darüber aussagen, wer welches System bevorzugt. Einige Häufungen[90] habe ich dennoch bemerkt. Obschon ich abwechsle, habe ich auch meine Vorlieben. Ich fülle 17-Litersäcke und teile die Gebührenmarke mit einem schönen Diagonalschnitt. Ich rufe Freunde an und teile ihnen mit, welches Volumen bei mir noch frei ist. Ich stimme meinen Menüplan vollständig auf die Müllabfuhr ab. Zwei Tage, bevor die Säcke mitgenommen werden, gibt es viel Gemüse. Ich stelle den Sack raus. Gehe ein paar Schritte und besteige einen Bus, danach das Tram. Die Nase drücke ich platt an die kalte Scheibe und hoffe, dass alles anders werde, dass vor allem das Stadtbild anders werde. So schnell als möglich, mindestens über Nacht, wenigstens bis Ende Jahr. Im Fenster betrachte ich mein Spiegelbild. Die reflektierten Gesichtszüge überzeugen mich.[91] Im Tram sind mir meine Gesichts-

---

90 Allein stehende Männer kaufen 17-Litersäcke und halbieren die Gebührenmarken mit einem schönen Schnitt. Ältere allein stehende Damen stellen mit Vorliebe halb volle 35-Litersäcke raus, mit aufgedruckter Gebühr. Eine hat mir gesagt, aufkleben tut man nur Briefmarken. Das überzeugt mich.

91 Rhythmisch schlage ich meinen Kopf an die Schei-

züge sehr wichtig. Ich bleibe sitzen, fahre dreimal an der Endstation vorbei. Ich schaue aus dem Fenster und sehe die Häuserfassaden, die Autos, und immer wieder sehe ich mein Gesicht. Mir gegenüber sitzen zwei junge Menschen, verliebt. Ich betrachte anfänglich nur ihre Nasen. Beide haben unglaubliche Nasen. Ich schaue absichtlich lange auf diese Nasen. Beim Kaffeetrinken aus dem Pappbecher kommen beide Nasen am Rand an. Der junge Mann fühlt sich unbeobachtet und fasst[92] seiner Partnerin an die Brüste. Ich schaue sofort hin, sie lächelt mich an, er schaut weg, und während er seine Hände wieder auf seine Knie legt, erklärt er ihr die Geographie der Schweiz. Alpen, Mittelland, Jura.[93] Wenn mir das Busfahren zu langweilig

---

be. An der linken Stirnseite wachsen mittlerweile weniger Haare.

92 Als ich jung war, habe ich einer an den Arsch gefasst und sie um eine Wegbeschreibung gefragt.

93 Ich bin Zauberer. Ich kneife die Augen zusammen und rede den Leuten, die an den Bushaltestellen stehen, zu. Ich gebe ihnen Gedanken und Ideen mit. Ich verwandle ihre Aktentaschen und Köfferchen in Katzen und Lamas. Die Leute müssen ihren Tagesablauf vollständig ändern. Sie nehmen die Tiere mit an ihre Arbeitsplätze. Sie kommen zu spät in ihren Büros an, verpassen Sitzungen. Mei-

wird, gehe ich ins Kino. Ich kenne folgende Kinos: City West, Arcanoa, Studio, Central 2, Moviemento 3, Rio, Rollberg 4, Sojus 2, Titania Palast 2, Kurbel 1, Hollywood 1, Movie 1, Schlosskino, Cinema Luna, Scala, Loge 1, Rex 1. Der Film ist gut. Ich finde alle Schauspieler gut und die Schauspielerinnen finde ich alle hübsch.

21 Protokoll

Ich bin Fotograf.[94] Ich finde mich in der Umgebung besser zurecht, wenn ich ab und zu ein Bild mache. Meine Filme werfe ich unentwickelt in den Müll. Ich fotografiere Aufenthaltsorte und Fressplätze von Obdachlosen. You know I am using very slow films and pretty long exposure. Die Obdachlosen sind unberechenbar. Hunger macht aggressiv. Ich gehe nur zu den Schlafplätzen, wenn sie weg sind. Ich fotografiere auch Prominente. Diana im Sarg[95], zum Beispiel. Sie

---

ne Verzauberung funktioniert so: Wer das neu erhaltene Tier an seinen Arbeitsplatz mitnimmt, hat kein Problem, sich an die Inhalte seiner Tasche oder seines Köfferchens zu erinnern.

94 Job gefunden. Frau gefunden. Geld verdient. Kind gemacht. Frau mit Kind verloren. Geld verloren. Fotograf geworden. Etwa so bin ich dazu gekommen, wie viele andere auch.

95 Auch Sophia Loren habe ich fotografiert. Sie sitzt

sieht jung aus. Ihre Augen sind weit offen. Sie gleicht einer Porzellanpuppe. Als ich ihr die Stirn streichle, fühle ich die Wunde unter dem Haaransatz. Ich mache ein paar Bilder. Ich streiche ihr nochmals über die Stirne. Ich sehe keine Spuren von Gewalt. Auch Theodor Tobler, den 1,58 m grossen »Schoggibaron«, mit Dogge und Sohn Valentin, habe ich schon fotogra-

---

hinten in einem gemieteten Chevrolet Impala. Sie hat ihren Hund mit dabei. Der Hund hat sich, bevor Sophia Loren eingestiegen ist, im Dreck gewälzt. Der Hund stinkt. Sophia Loren hat einen Papiersack auf ihren Schoss gelegt, damit der dreckige Hund ihre Kleider nicht versaut. Der Chauffeur fährt durch das Mittelland. Von Bern nach Schwarzenburg, weiter nach Biel, um den See herum, weiter nach Solothurn. An grossen Kreuzungen halten wir immer an. Ich fotografiere. Die Sonne bescheint von hinten das Heck des weissen Chevrolets, Sophia Loren hat ihre Sonnenbrille an, die Ohren des Hündchens flattern im Wind. An einem Fluss halten wir an. Ich steige aus und gehe schwimmen. Sophia Loren und der Chauffeur müssen warten. Sophia Loren will, dass das Hündchen auch ins Wasser steigt. Ich nehme Sophia Lorens Hund, drücke ihn an mich, steige wieder ins Wasser und wasche ihn gründlich ab.

fiert. Mit meinen Bildern gelange ich an den Stiftungspräsidenten der Fotosammlung eines grossen Unternehmens. Die Fotosammlung soll den Mitarbeitern zugänglich sein. Die können in der Pause durch die Ausstellung schlendern und sich die Bilder ansehen und dazu ein Sandwich essen. Um in seine Sammlung aufgenommen zu werden, muss ich einen kreativen Beitrag leisten, der unsere Zeit bereichert und klug reflektiert. Jetzt hängen meine Fotos auch dort. Es hängen dort auch Fotos von Sophie Calle, Dan Graham, Jeff Koons, Cindy Sherman, Hiroshi Sugimoto und Richard Wentworth. Als kritischer Fotograf setze ich kritische Bildtitel wie: Überlebende versammeln sich vor einem Haus. Oder: 11 junge Frauen und Mädchen wurden bei diesem Überfall verschleppt, vergewaltigt oder missbraucht. Ich komme aus[96] Algerien, Albanien, Kroatien, Somalia, Ägypten, dem Kosovo, je nach politischer Stimmung. Wenn ein Auftrag zu gefährlich ist, stelle ich die gewünschte Szene nach. In den Asylunterkünften finde ich genug Laiendarsteller, die sich für 10 Franken einige Stunden hinstellen und fotografieren lassen. Die nachgestellten Bilder lassen sich meistens besser verkaufen.

---

96 Ich färbe mir die Haare. Ich bemühe mich, Landsmann eines vom Krieg heimgesuchten Landes zu sein.

Die sind unmittelbarer. Die Asylanten spielen den Krieg überzeugender als die Soldaten an den Originalschauplätzen. Viele Asylunterkünfte sehen sowieso aus wie die Flüchtlingslager an den Originalschauplätzen. Ein sehr schöner Standort für solche Originalaufnahmen ist das Aufnahmezentrum beim Hauptbahnhof in Kreuzlingen. Es genügt, den zuständigen Securitasmann anzurufen und ihm den ungefähren Bildtitel zu sagen. Wenn ich dann zwei Stunden später eintreffe, muss ich nur noch einige Feinabstimmungen machen. Für Massengrabszenen fahren wir zur nahe gelegenen Autobahnbaustelle. Es findet sich immer ein Baggerführer, der schnell ein Grab aushebt.

22 Shoppyland

Ich mache mit einem Finger Löcher ins Plastiktischtuch meiner Gastgeber.[97] Diese Widerstandslosigkeit. Nichts stellt sich mir in den Weg. Willenlose Materialien im Alltag. Nur wenige Autos sind aus Blech und die wenigsten Stossstangen sind aus Chrom. Auch ich selber bin aus willenlosem Baumaterial. Bei mir ist das nicht so schlimm, ich spreche anklagend, ich beschimpfe, zeige den Mittelfinger, nehme diesen zuvor noch in den Mund. Ich bin der Sofa-Motherfucker.

---

97 Voll den Finger rein. Mich regt das auf, alles aus Plastik.

Kinder, die mit Plastikspielzeug aufwachsen, haben später sexuelle Probleme. Es ist wichtig, dass sich die Kinder mit Holz, Erde, Wasser, Steinen, Eisen, Gummi, Karton, Papier, Baumwolle, Kupfer, Ton und Glas beschäftigen können. Sonst stirbt die Menschheit aus.

23 Speed

Es hätte kein Spaziergang werden sollen.

19 Uhr 06: Scheiben eingeschlagen.

19 Uhr 26: Taxifahrer um den Fahrpreis geprellt.

19 Uhr 50: Velofahrer angehalten, vom Velo gestossen.

20 Uhr 23: Mit einer Pistole in die Luft geschossen. Festgenommen worden. War nur eine Leuchtraketenpistole. Diese wird beschlagnahmt, danach wieder freigelassen worden.

20 Uhr 53: Probleme mit dem Geranten eines Nachtlokals. 10 Franken für ein Mineralwasser sind zu viel. Danach Streit. Die Polizei hilft bei der Wiedererlangung des im Lokal verbliebenen Mantels.

03 Uhr 12: Lärmen in einem Innenhof. Von der Polizei beruhigt und in die Wohnung zurückgebracht worden.

03 Uhr 54: In eine Diskothek gegangen. Während 14 Sekunden in ein Mikrophon gesprochen, bis alle pfeifen. Der DJ weiss, wie man das macht mit dem Publikum. Money, Money, Money von ABBA, dann Y.M.C.A. von den Village People, dann noch Play That Funky Music von Wild Cherry. Danach ist alles

gerettet, wieder in Ordnung. Ich trete ab. Später, ohne genaue Uhrzeit: Alles wird gut. Ich bin ein Höllenhund, ein Einmannhimmelfahrtskommando. Ich klingle bei einigen Hauseingängen. Vorderhaus und Gartenhaus. Im Vorderhaus sind die hellen Wohnungen. Im Gartenhaus wohnt die zweite Schicht. Die braucht mehr Alkohol für ihren Lebensfluss. Im Vorderhaus wohnen Fiedler, Grasselt und Hauenberg und Hellwig. Ich haue mich schliesslich in den Liegestuhl.

24 Zeit

Ich fülle mir eine Schale mit Erdnüssen. Ich stelle mir ein Glas Weisswein hin. Ich schalte den TV an. Ich schalte nach einer Weile den Ton weg. Die Erdnüsse esse ich langsam, dann schneller, schliesslich kippe ich die verbleibende Menge auf einmal in den Mund. Dieser salzige Brei befriedigt mich. Die Erdnüsse enthalten viele Zusatzstoffe, sodass ich nach kurzer Zeit stark gebläht bin. Ich stehe auf, gehe ein paar Schritte, ziehe meine Trainerhosen am Bund nach hinten, sodass sich die Hose von meinem Gesäss löst, dann furze ich, lasse den Bund zurückschnellen, gehe ein paar Schritte im Kreis und setze mich wieder hin. Neues Programm[98] zack. Das Flimmern legt sich sanft auf

---

98 Ein Schwan schwimmt. Ein Hund versucht, den Schwan einzuholen. Bevor der Hund den Schwan

mein schlafendes Gesicht, streichelt mich zärtlich. Der Fernseher ist der Schlaf. Zwischendurch stehe ich auf, stelle mich vor den Fernseher, spreche zu ihm, biete ihm die Stirn.

25 Atem

Ich komme in Fahrt, steigere mich[99], und dann geht mir der Atem aus. Ich befinde mich in einer Situation des spirituellen Bankrottes. Es gelingt nichts. Alltagshandlungen geraten zu unberechenbaren Abenteuern. Mir vernebelt sich der Blick auf die klaren Dinge des Lebens. Mir wächst auf dem Kopf ein Planet, auf dem ich nicht leben will. Wenn ich in diesem Zustand einen Gegenstand oder einen Menschen betrachte, bewegt sich dieser in der Vorstellung von mir weg und wieder auf mich zu. Während dieser Beobachtung fühle ich den Stuhl, auf dem ich sitze, nicht mehr. Ich springe vom Stuhl auf, wasche die Hände oder tue sonst etwas. Ich glaube, ich bin einfach ziemlich verwirrt, durcheinander. Ich stehe am eigenen Bahnhof, wo

---

schnappt, fliegt dieser davon. Armer Hund. Er war so nah dran, das hätte ich ihm gegönnt. Ich möchte mit jemandem darüber streiten, ob der Hund oder der Schwan der arme Siech sei.

99 Wie ein aufgeplusterter Hahn. Und dann, nichts. Es gelingen nicht einmal die einfachsten Gesten.

mich niemand erkennt, wo alle an mir vorbeiblicken. Ich habe den Anschluss an die Heimat[100] verpasst. Ich bestelle Weisswein an meinem Heimatbahnhof und bezahle doppelt so viel wie an allen anderen Bahnhöfen.

26 Umwelt

Ich bin gerne in der Natur. Die Natur ist das mir am nächsten Liegende. In der Natur habe ich meinen ersten Wal, meinen ersten frei lebenden Wal, in Freiheit lebenden Wal gesehen. Der Wal zeigt ab und zu seine Schwanzflosse. Und manchmal schmeisst er ein Fischerboot um. Der Wal meint das nicht persönlich.[101]

---

100 Ich bin ortsbehindert. Ich bin langsam in meiner Wahrnehmung. Meine Auffassungsgabe ist schlecht, das wird mir auch öffentlich gesagt. Du bist langsam und dumm. Ich höre zu, wie die Leute schnell reden, an mir vorüberreden. Die meinen etwas, ich kann nicht folgen, merke, dass die Leute aggressiv werden. Sie äussern sich nie direkt, immer hintenrum.

101 Der Kapitän mit dem Holzbein, das bin ich. Im Alter von 12 Jahren bin ich vom Dorfpfarrer angefahren worden. War nichts mehr zu retten. Moby Dick verkleidet als Pfarrer. Es wurde abgeklärt, wie stark mich dieses Holzbein an meiner

Ich sitze gerne im Wald und beobachte Vögel. Da, ein Buntspecht. Natur im Feldstecher. Vor mir: verwackelter Wald, ausgeschnittene Ökologie, vergrösserte Umwelt. Manchmal erkenne ich Vögel aus meiner Kindheit[102]. Ihre Schönheit ist ihnen geblieben, sie haben Namen bekommen. Die Tauben zum Beispiel, als Kind waren sie in Ordnung, das Gurren empfand ich als beruhigenden Laut. Jetzt heissen sie Tauben. Tauben scheissen mir aufs Hemd.

27 Teppich

Ich stehe auf einer Wiese. Ich halte einen Drachen in der Hand und werfe ihn in den Wind. Plötzlich nimmt der Drachen mich mit. Ich fliege hoch hinauf. Dann gibt es keinen Wind mehr. Ich falle langsam und lande im Wasser. Es kommen viele Fische und schauen mei-

---

Entwicklung hindert. Es hindert mich bis 12 nicht. Dann hindert es mich ziemlich von 12–16, zwischen 18–25 hindert es mich mittelstark. Im Reglement steht, was ich im jeweiligen Alter für Ansprüche stellen kann.

102 Die Hebamme hat das Gas- mit dem Bremspedal verwechselt. Ich lag im Kinderwagen, mein Bruder schob den Kinderwagen. Mein Bruder war sofort tot. Ich habe mit einigen bleibenden Schäden überlebt.

nen Drachen an. Mich schauen sie nicht an. Ich kann problemlos stundenlang unter Wasser bleiben. Wenn ich auftauche, stehe ich immer in meinem Zimmer, komme von einer Reise zurück. Mein Vater kommt und schenkt mir ein Buch. In meinem Buch kommt ein Bär[103] vor. Der Bär[104] macht die Augen zu und springt von einem Baum runter. Er landet in einem Kamin. Da kommt der Kaminfeger und holt den Bär heraus. Der Bär springt in den Fluss und fliesst ins Meer. Dann kommt ein Delphin und nimmt ihn mit an Land. Ich habe auch eine Kuh. Ich gebe ihr eine Pfeife, damit sie rauchen kann. Ich gebe ihr ein Radio, damit sie Musik hören kann. Ich gebe ihr ein Handorgel, damit sie Musik spielen kann. Ich schenke ihr ein Fell für ihr Kalb. Und Stroh, damit sie genug zu fressen hat, und eine Goldkette, wenn sie in die Ferien geht. Kühe brauchen Futter und Ferien. Und die Kuh geht in den Wald. Es gibt dort einen Baum, der gehen kann. Und eine Schokolade, die auch gehen kann. Der Baum trampelt die Schokolade flach, und die zwei werden Freunde.[105]

---

103 Die Bären paaren sich und dann gebären sie neue Bären.

104 Sie randalieren.

105 Die Schokolade und der Baum sind Freunde geblieben. Für immer.

28 Samthandschuhe

Wo gibt es Schnecken, ist ein Thema in der Schule. Ich finde keine einzige. Die Lehrerin sagt: Du kannst dir doch vorstellen, wo man Schnecken findet. Natürlich kann ich mir das vorstellen, aber da hat es verdammt nochmal keine Schnecken. Mein Arbeitsblatt erhalte ich mit folgendem Kommentar zurück: Geh noch einmal suchen. Es gibt auf diesem Blatt zwei Aufgaben. Die eine ist, wo findet man Nacktschnecken, die zweite ist, wo findet man Gehäuseschnecken. Die Nacktschnecken finde ich nicht, weil ich immer Nachtschnecke lese. Meine Mutter sagt mir, ich solle an schattigen Stellen suchen gehen oder rund um den Kompost, oder im Salat habe es auch immer Schnecken oder im feuchten Gras. Oder bei der Friedhofsmauer oder auch bei der Einfahrt in die Garage. Mutter, warum kommst du nicht mit und hilfst mir suchen? Na ja, sie kommt nicht. Aufgeschrieben habe ich nichts.[106]

---

106 Später hatte ich weniger Probleme mit den Aufgaben. Bei einer Biologieprüfung wusste ich alle Antworten.
1. Was machst du mit einem toten Hund?
2. Beschreibe den Bau der Wirbelsäule. Zur ersten Frage schrieb ich. Ich bringe ihn zur Kadaververbrennungsanlage. Oder ich grabe ihn im

29 Mechanik
Ich schreie zum Fenster hinaus, ich bin der grösste Dichter nach Max Frisch. In der Toilette verliere ich das Gleichgewicht und reisse das ganze Lavabo aus

---

Garten ein, dort verrottet er dann. (Ich weiss nicht, ob ich das darf. Ob das von Rechts wegen erlaubt ist.) Zur zweiten Frage wusste ich die Antwort auch. Die Wirbelsäule besteht aus 7 Halswirbeln, 12 Brustwirbeln, 6 Lendenwirbeln, 5 verwachsenen Kreuzwirbeln, 3 bis 4 verwachsenen Endwirbeln. Sie kann bis zu einem gewissen Grad gebeugt werden. Zwischen den einzelnen Wirbeln befinden[107] sich Bandscheiben.

107 In derselben Woche musste ich noch eine Frage beantworten. Nämlich, wie passen sich Pflanzen, Tiere und Menschen an die kalte Zone an? Ich schrieb. Pflanzen machen Tellerwurzel, und Pflanzen machen flache Ausleger. Pflanzen machen kleine, harte, ledrige Blättchen. Tiere machen Winterschlaf, sie machen Fett und Fell, oder sie machen sich zu einem Höhlentier unter dem Boden. Sie machen Vorräte, und sie machen Winterquartiere. Menschen machen Kleidung und Wohnungsbau und Isolation. Menschen machen nur Arbeit, wenn günstige Witterung herrscht.

der Wand heraus. Alles fällt zu Boden, Rohrbruch. Die Klempner müssen das wieder in Ordnung bringen. Instand stellen, wie man sagt.[108]

---

108 Die Klempner sind da.
Chef:
Erwin:
Chef:
Erwin:
Sie wollen die Wand aufstemmen, um sehen zu können, wo das Leck ist. Sie gehen raus, kommen zurück.
Chef:
Er beginnt mit Meissel und Hammer die Wand zu bearbeiten.
Chef:
Chef:
Erwin:
Chef:
Chef:
Chef:
Ich suche in der Wohnung nach einer Lampe.
Chef:
Chef:
Erwin:
Chef:
Erwin:

30 Honig

Ich flüchte[109] ins Badezimmer. Das Badezimmer ist überschwemmt. Ich stehe bis zu den Knöcheln im Wasser.

31 Fische

Ich stehe im Wasser und bin Sänger. Die Musik ist mein Körper. Eigentlich sind Vanessa, Eliane, Billy und Vicky mein Körper. Sie singen mit mir den Refrain. Sie zeigen ihre straffen Schenkel, zeigen die Beweglichkeit ihres Beckens. Sie halten ihre Lippen rundgeformt und ihre Münder offen. Ohne sie bin ich Statist. Ich bin ein schlechter Entertainer. Und frech bin ich auch nicht.

32 Überleben

Ich bin darauf bedacht, kein Aufsehen zu erregen. Ich gehe durch die Stadt, die ich liebe. Ich übergebe mich auf dem Weg durch die Stadt immer wieder. Ich lerne nichts dazu. Ich wirke zerbrechlich. Ich sehe müde aus, wie nach einer langen Krankheit. Ich habe im Alter eine sanfte, monotone Stimme bekommen. Die Falten heissen jetzt Furchen. Meine Nase ist nicht mehr in der Mitte meines Gesichtes. Die Ohren sind schwerer. Ich ziehe an den Rand der Stadt oder aufs Land, oder lieber in die Stadt. Nein, doch lieber nur an den

---

109 Die Hingabe ist das Schönste überhaupt.

Rand der Stadt. Ich baue ein Haus. Ich schaue zum Fenster hinaus. Der Nachbar begreift nicht, wie man so schauen kann. Ich gehe hinten aus dem Haus. Das Einzige, was ich wie ein 20-Jähriger tue: Kaffee machen. In der Küche am Tisch sitzen. Radio hören. Essen einnehmen. Sitzen, kauen, nochmals nachschöpfen, aufstehen, abwaschen, Radio wieder ausschalten. Die Nahrung gehört dazu. Wie das Wetter zum Fernsehprogramm. Essen ist wichtig für die fröhliche Stimmung. Nur muss man natürlich auch einen Grund haben zum Lachen. Meistens wenn ich lache, ist es dann gerade falsch. Oder nicht der richtige Moment.

33 Fabelhaft

Wo geht's hier zum Metzger. Ich möchte mich operieren lassen. Hirn raus, Leber rein. Es handelt sich um eine Routineoperation. Dank dem neuen Gesundheitssystem kann man sich heute auch beim Metzger operieren lassen, das wird vollumfänglich rückerstattet. Ich nehme einen Band Anatomie für Medizinstudenten mit und schaue mir die Situation mit dem Metzger zuerst an. Die Organe sind beim Menschen recht einfach zu finden. Sie sind ein wenig kleiner als bei einem Schaf. Ausser das Hirn.

34 Hommage

Ich sitze in direktem Sichtkontakt mit P. B. Ich verliere den Wunsch zu träumen. P. B. hält es auch nur bis

21.00 Uhr aus. Dann geht er, ziemlich betrunken, seinen Weg. Statur: klapprig. Das ist die ganze Anamnese.

35 Wozu?

Jemand will wissen, was, warum, wie. Ich rede dann, Theorien[110], Kopferzeugnisse, Demütigungen, und ganz selten blitzt es von hinten durch. Ich bin der neue Typ Universalgelehrter. Ich weiss alles, ohne dass es mich interessiert.

36 Erkenntnisse[111]

---

110 Herder kann einpacken.

111 Ich weiss die 100-g-Preise von unglaublich vielen Produkten.

Exoten-Mischung, getrocknet	100 g	1.10 CHF
Vollkornbrot	100 g	0.55 CHF
Clementinen, Aktion	100 g	0.14 CHF
Bündner Nusstörtli	100 g	1.38 CHF
Rosmarin gemahlen	100 g	5.00 CHF
Popcorn gesalzen	100 g	1.20 CHF
Delikatess-Pflaumen	100 g	0.73 CHF
Le Gruyère	100 g	2.05 CHF
Ofen-Frites	100 g	0.62 CHF
Gartenbohnen, tiefgefroren	100 g	0.64 CHF
Spinat gehackt, tiefgefroren	100 g	0.38 CHF

Aprikosenkonfitüre	100 g	0.68 CHF
Carolina Rice	100 g	0.20 CHF
Kartoffelstock	100 g	1.15 CHF
Rice Snacks	100 g	2.20 CHF
Tomme Vaudoise	100 g	1.60 CHF
Cornichons fein	100 g	0.96 CHF
Knoblauchgürkchen	100 g	0.93 CHF
Aprikosen, gedörrt	100 g	1.10 CHF
Zartbitter-Schokolade	100 g	1.50 CHF
Lammkoteletten	100 g	2.80 CHF
Amarello-Torte	100 g	1.14 CHF
Orangen Navelinas	100 g	0.19 CHF
Änisstengel	100 g	0.75 CHF
Ruchbrot	100 g	0.44 CHF
Gesellenbrot	100 g	0.76 CHF
Orangen Tarocco	100 g	0.23 CHF
Schinken, gekocht	100 g	2.35 CHF
Gemüsebouillon	100 g	1.77 CHF
Paprika	100 g	3.00 CHF
Curry	100 g	3.10 CHF
Fenchel	100 g	0.27 CHF
Muskatnuss, gemahlen	100 g	3.00 CHF
Basilikum, gemahlen	100 g	4.20 CHF
Senf, mild	100 g	0.70 CHF
Karotten	100 g	0.19 CHF

Ich rede vor mich hin. Ich mache das diskret. Ich sage Worte wie »schön«, »auch schön«, »wunderschön«, »grossartig«. Mit diesen Worten falle ich nicht auf. Es gibt Worte, die man nicht brauchen darf. Zu grosse Worte wie »Schmerz«, »Liebe«, »Glück« sind verboten. Gemäss Berufsverband nicht zulässig für Schriftsteller. Meine Aufnahmeprüfung für den Berufsverband bestehe ich mit folgendem Gedicht:

I
Die Falten in meinem Gesicht,
Das Bier in meinem Magen,
Mein Leben ist voller
Milagros,
Wunder.
Ich bin ein Volltrottel.

Zimt-Törtli	100 g	1.29 CHF
Joghurt, Magermilch	100 g	0.27 CHF
Joghurt, Sauermilch	100 g	0.46 CHF
Nussbrötli	100 g	1.30 CHF
Milch	100 g	0.16 CHF
Eisbergsalat	100 g	0.19 CHF
Gran Padano, gerieben	100 g	1.91 CHF
Salsa Pomodoro	100 g	1.20 CHF
Tortelloni, Aktion	100 g	0.99 CHF
Grobkörniger Senf	100 g	1.30 CHF
Confiture, Bonne Maman	100 g	0.95 CHF

II

Die Seife liegt im Bad.
Der Spiegel ist voll gespuckt.
Im Lavabo liegen Bartstoppeln.
Ein lustiges Muster,
Wie kleine Mikadostäbchen.

III

Der Laden gefällt mir.
Ich kaufe Kaugummi und Schweinefleisch.
Der Japaner
Vor mir in der Warteschlange
Konnte mir auch nicht
Sagen,
Wie ich aussehe,
Wenn ich schlafe.

IV

Zum Vergnügen gehe
Ich zum Frauenarzt.

V

Ich bin das Upper-Class-Child.
Alle Mädchen finden mich super.
Ich komme mir vor
Wie ein König unter Idioten.

VI

Ich zähle seit der 3. Klasse nicht mehr.

VI
Die Ente sitzt zufrieden auf einem Stein.
Ein Fisch mit hellem Bauch schwimmt vorbei.
Die zwei sehen sich nicht.

VII
Wenn ich in die Unterhose steige,
Steige ich immer zuerst in das linke Bein.

VIII
Streckt die Zungen raus.
Streckt alle die Zungen raus.
An den Zungen will ich sehen,
Wer was denkt.

19.01.98
Ein Hund, eine Mutter, eine Tochter und ihr Freund.
Und keiner hat mit dem anderen etwas zu tun.

20.01.98
Die treffed sich niemerts. Nienets. Die wüssed nünnt vonenand, und da de eint de ander sött sii, isch glaub sowieso nöd guet.

21.01.98
Das ist die letzte Änderung. Ich habe irgendwann nicht mehr lesen können. Den eigenen Text nicht mehr lesen können und Fehler suchen können, so muss ich

es sagen. Ich finde keine Fehler mehr, weil ich keine mehr finden kann.

23.01.02
Die Dingens womer bruucht zum de Dings ie tue. Weisch die Dingens wos amigs früener use gno hend. Die Dingens halt. Vom Dingens ie, in andere Dingens ie. Wiemers früener gmacht hend mit de Dingens. Ez gopfertelli, gopfertami.[112]

---

112 **gopfertelli, gopfertami** adj. Thg. *gopfertellmi* ndl. *gopferz* afr. *Gott sag's mir.* Ahd. *gottvertellmi* ahd. *gottverta* nhd. Umbildung des Wortes *ragnorok,* erstmals verbürgt 1990 in Frauenfeld, TG/Schweiz, M. Stauffer BGH 34 (1998) 345 f.

Alain de Botton

Versuch über die Liebe

Roman

Aus dem Englischen von Helmut Frielinghaus

Band 13839

Der Held und Ich-Erzähler dieses ach so bekannten und immer wieder neuen Abenteuers der Liebe ist Mitte zwanzig und verliebt sich auf den ersten Blick unsterblich in Chloe, eine junge und attraktive Graphikdesignerin, die auf dem Flug von Paris nach London neben ihm saß. Was so zufällig, so normal und gewöhnlich und doch vom Schicksal vorherbestimmt in der Luft beginnt, ist der Anfang einer Liebesgeschichte mit allen Aufregungen und Verwirrungen, die zwei Menschen, die einander entdecken, erleben können. Der Leser beobachtet amüsiert, wie die analytische Rationalität des Erzählers dem romantischen Überschwang der Ereignisse von Anfang an entgegenläuft. Der Roman ist eine ausgelassene, selbstironische Übung in Sachen Sprache und Liebe – geistreich, heiter, und leider endet sie so wie die allermeisten Liebesgeschichten.

Fischer Taschenbuch Verlag

fi 13839 / 1

Alain de Botton
Isabel
Roman
Aus dem Englischen von Heide Steiner
Band 15462

Den Vorwurf einer ehemaligen Freundin, daß er selbstbezogen und narzißtisch sei, mag der Erzähler nicht auf sich sitzen lassen, und so beschließt er, der nächstbesten Person, die ihm über den Weg läuft, so viel Interesse zu widmen, daß er sie am Ende besser kennt als diese sich selbst. Glücklicherweise ist diese nächste Person eine junge Dame, Isabel, 25, Produktionsassistentin, und Interesse zu entwickeln fällt dem Erzähler leicht, obwohl Isabel nur mit einem höchst durchschnittlichen Lebenslauf aufwarten kann. Von der Hauptschwierigkeit einmal abgesehen, daß es so recht keine Normen für die Darstellung eines solchen normalen Lebens gibt – fast alle Biographien befassen sich mit berühmten oder doch wenigstens berüchtigten Personen, die überdies längst tot sind –, erwarten den Autor auch sonst noch allerhand ernüchternde Einsichten. Das Ergebnis ist ein origineller, scharfsinniger und amüsanter Roman.

Fischer Taschenbuch Verlag

fi 15462 / 1

Alain de Botton

Wie Proust Ihr Leben verändern kann

Eine Anleitung

Aus dem Englischen von Thomas Mohr

Band 13734

De Botton nähert sich Proust auf direkte, unkonventionelle Weise, ohne schweres literaturtheoretisches Gepäck. Im Rückgriff auf Prousts Text und auf Momente im Leben des Autors erläutert de Botton in klassischer Ratgebermanier u. a. *Wie man sich Zeit nimmt*, *Wie man erfolgreich leidet*, *Wie man seinen Gefühlen Ausdruck verleiht* und *Wie man in der Liebe glücklich wird.* De Botton fragt: Was hat man davon, Proust zu lesen? Sehr viel, lautet die Antwort, denn wir können aus Prousts Wahrnehmungsschärfe, seiner Empfindsamkeit, ja sogar aus seiner Hypochondrie – mit de Bottons Hilfe – großen Nutzen ziehen und uns gleichzeitig köstlich amüsieren.

Fischer Taschenbuch Verlag

fi 1093 / 5

Alain de Botton

Trost der Philosophie

Eine Gebrauchsanweisung

Aus dem Englischen von Silvia Morawetz

Band 15639

Unbeliebt? Geldsorgen? Frust? Gefühle der Unzulänglichkeit? Liebeskummer? Kleinmütig? Ihnen kann geholfen werden ...

Alain de Botton, Autor des Bestsellers »Wie Proust Ihr Leben verändern kann«, ist in seinem amüsanten und geistreichen Buch der Frage nachgegangen, welche Tröstungen bei den Lebensproblemen moderner, vorwiegend jugendlicher Zeitgenossen die Philosophie bereithält, genauer: welche Hilfsangebote Sokrates, Epikur, Seneca, Montaigne, Schopenhauer und Nietzsche machen könnten, wenn man denn deren Leben und Werk zu Rate zöge.

»Nicht Buchwissen, Lebensklugheit ist
Alain de Bottons Ideal.«
Die Woche

Fischer Taschenbuch Verlag

fi 15639 / 1